YR AWDUR

Daw Gwen Lasarus o Sir Fôn yn wreiddiol ond mae bellach yn byw ym Methel, Arfon gyda'i gŵr. Mae hi'n fam i ddau, sef Ifan a Greta. Bu'n actores am ugain mlynedd, ac ar hyn o bryd mae'n gweithio ym myd llenyddiaeth yn ogystal ag astudio i fod yn athrawes ioga.

I Jâms, fy ngŵr,
am ei amynedd ac am ei gefnogaeth bob amser.

I Greta, fy merch, am ei brwdfrydedd, ei diddordeb
ac am gredu ynof i ac i Ifan, fy mab, am wneud imi
chwerthin a'm hannog i gario mlaen i ysgrifennu.

LLANAST

GWEN LASARUS

Argraffiad cyntaf: 2014
© Hawlfraint Gwen Lasarus a'r Lolfa Cyf., 2014

Cynllun y clawr: Rhys Aneurin

Rhif Llyfr Rhyngwladol: 978 1 84771 745 0

Comisiynwyd Cyfres Copa gyda chymorth ariannol
Adran AdAS Llywodraeth Cymru

Cyhoeddwyd ac argraffwyd yng Nghymru
ar bapur o goedwigoedd cynaladwy gan
Y Lolfa Cyf., Talybont, Ceredigion SY24 5HE
e-bost ylolfa@ylolfa.com
gwefan www.ylolfa.com
ffôn 01970 832 304
ffacs 01970 832 782

Y daith

Taith ydi bywyd. Cerdded, un cam ar y tro, un goes o flaen y llall, ymlaen, ymlaen ar hyd y llwybr, dim ots pa lwybr. Mae pob un llwybr yn iawn, ti jyst yn mynd i ddysgu rhywbeth gwahanol ar bob un ac mae'n rhaid dewis bob tro. Mi fedri di eistedd a pheidio symud i nunlle, ond ble mae'r hwyl yn hynny?

Ac mae llwybrau bob amser yn croesi ei gilydd.

Bob tro.

Wyt ti erioed wedi sylwi ar olion traed bach adar yn yr eira? Maen nhw'n mynd y ffordd yma, a'r ffordd arall, ymlaen ac yn ôl, ar draws, i fyny ac i lawr, o'r naill ochor i'r llall, byth mewn llinell syth.

Ac, yn sydyn, mae 'na batrwm yn yr eira. Fel hynny mae dy lwybrau di a fi, fel ôl traed bach adar yn yr eira. Yn un patrwm mawr.

Weithiau, fe weli di ddau lwybr yn croesi ac yn gwneud siâp X.

Siâp cusan. Y siâp pwysicaf un. Siâp cariad.

Ac yng nghanol y gusan, mae dau berson yn cyfarfod am y tro cynta.

Felly, fy ffrind, mi af i â chdi ar daith, ar ddau lwybr sy'n cyfarfod yng nghanol un gusan.

Sbeic

Dim pres. Roedd pob dim yn flêr. Roedd Sbeic ar y ffôn efo Hi.

"Helô, helô?"

Dim sŵn, jyst sŵn anadlu, 'run fath â mewn ffilmiau.

"Plis deud rhwbath. Plis."

Anadlu'n araf. Cau'r ffôn. Clep i'r drws, ac ar ei feic. Whiiiiiiiiiii… i lawr yr allt.

Armi o frêcs. *Red Arrows* yn hedfan.

Sbeic a'i fêts oedd Arwyr y Lôn Fawr, yn rasio fel ffyliaid.

Sbeic enillodd y ras.

Mewn i'r siop.

"Pedwar can o lagyr, mêt."

"On your bike!" meddai dyn y siop.

"Fedra i ddim, ma gen i byncjar!"

Chwarddodd yr hogia fel sgrech y *waltzers*. A chwarddodd Sbeic hefyd.

Ac yna tecst ganddi Hi.

Arnat ti £1,000 i mi, mêt. Tu allan i Spar mewn awr. Dallt? Dallt????

Cnoi gwm yn galad wnaeth Sbeic.

Llanast. Meddwl. Methu meddwl am ddim. Sbio ar y cloc ar ei ffôn.

58 munud i fynd.

Dianc, roedd raid i Sbeic ddianc oddi wrth y llais ar y ffôn. Aeth ar ei feic a phedlo i fyny'r allt am ei dŷ.

Dympiodd y beic y tu allan i'r drws ffrynt, ac edrychai fel sgerbwd hen geffyl yn gorwedd yno.

Sylwodd ar gyrtans net tŷ drws nesa yn symud. Roedd y ddynes yno wedi bod yn ei wylio fo a'i dad a'i fam ers iddyn nhw symud i fyw i'r tŷ.

"Ti isio llun?" gwaeddodd Sbeic at y cyrtans net drws nesa. Caeodd y cyrtans net yn sydyn fel tasa'r cyrtans eu hunain wedi dychryn.

Gwenodd Sbeic iddo fo'i hun. Hen ddynes fusneslyd. Roedd yn iawn iddi gael ceg weithiau, dysgu gwers iddi. A gwyddai yn ei galon y byddai'n ei cholli pan fyddai'n

8

bell i ffwrdd yn nes ymlaen y noson honno. Byddai'n hiraethu am ei feic, a'i fam a'i dad, a'i frawd bach a'r pysgodyn aur a enillodd yn y ffair. Doedd o ddim eisiau mynd a gadael pawb a phopeth ond gwyddai fod yn rhaid iddo fo.

Neidiodd Sbeic i fyny'r grisiau fesul dwy ris. 50 munud i fynd

Pacio rycsac, bocsars, sana, iPod, ffôn a *charger*. *Just do it* ar ei rycsac Nike.

Mynd i mewn yn ddistaw, ddistaw bach fel Siôn Corn i stafell ei fam a'i dad a gweld lwmp mawr yn y gwely – ei fam. Doedd hi ddim yn symud. Roedd hi'n cysgu. Roedd hi'n sâl. Dyna pam eu bod yn cael bîns ar dost bob nos, meddai ei dad. Gwnaeth Sbeic siâp y gair 'Ta-ra' efo'i geg a thaflu cusan awyr ati hi. Symudodd hi ddim. Rhuthrodd i lawr y grisiau a gweiddi ar ei dad wrth estyn am ei gôt,

"Playing away, Dad. Back at six. Love ya! Caru chdi!" meddai dan ei wynt. Doedd o erioed wedi dweud hynny wrth unrhyw un o'r blaen, meddyliodd.

"What, son?" a llygaid ei dad ar y teledu.

"Nothing," meddai, yn falch nad oedd ei dad yn gweld bod ei fab yn rhedeg i ffwrdd.

"Give 'em hell, son, and think of 'Wa-les, Wa-les'," canodd ei dad yn fuddugoliaethus. Roedd ei dad yn canu wrth wylio pob gêm ar y teledu.

Caeodd y drws yn ddistaw. Roedd yn deimlad rhyfedd gadael pawb. Ac yna, dechreuodd redeg a rhedeg a rhedeg a'i ddagrau yn rhedeg i ffwrdd hefyd.

Canodd ei ffôn ac anwybyddodd y sŵn yn ei glustiau.

Tatŵ

Gwyddai'n iawn pa fath o datŵ roedd hi eisiau. Y Ddraig Goch. Un bach ar ei hysgwydd dde. Roedd hi eisiau addurno ei hun. Dysgodd o oed cynnar y byddai'n rhaid iddi ofalu amdani hi ei hun. Roedd popeth yn haws fel yna. Roedd ei mam yn slochian seidr rhad yn Bingo deirgwaith yr wythnos ac yn methu codi ei phen seimllyd oddi ar y gobennydd y bore wedyn. A phan fyddai'n codi, bore blin oedd hi a sŵn chwydu i'r bwced wrth ochor y gwely. Byddai *hangover* y diwrnod cynt yn dal i lynu yn ei gwallt, a'i thymer hi'n wrach.

Roedd Mel wedi anghofio ble roedd ei thad. Anfonai gardyn weithiau, rhag ofn iddi hi a'i brawd bach anghofio amdano.

Cyfri sêr

Cysgu'n ryff wnaeth Sbeic y noson honno. Chysgodd o ddim, dim ond gorwedd a syllu ar y sêr uwch ei ben. Cyfri un, dau, tri, pedwar, cant, mil, tair mil a chant ac wyth... collodd gownt. Job anodd ydi cyfri sêr. Maen nhw'n symud o hyd, yn chwarae cuddio hefo'i gilydd fel fo a'i frawd bach pan oedden nhw'n blant. Chwarae mig, *hopscotch, Giant Steps, British Bulldog* a *Strip Jack Naked* hefo genod drwg drws nesa. Ac mi oedden nhw'n genod drwg ofnadwy. Methu disgwyl i dynnu eu dillad a fflyrtio. Roedd o'n cofio un noson yn dda.

Roedd y ddwy bowld yn gorweddian ar y soffa yn noethlymun groen. Dim cerpyn amdanynt, ar wahân i un, yr ieuengaf – roedd hi'n gwisgo sana. Cwyno bod ei thraed hi'n oer. Sbeic a Joc ei frawd a'u cegau'n agorad, fel tyllau peli golff yn sbio ar y ddwy dduwies.

Doedden nhw ddim yn gwybod be i'w

wneud – a oedden nhw fod i wneud rhywbeth ai peidio? Dim ond syllu a syllu a syllu. Roedden nhw'n ddel, a'u crwyn yn llyfn, ifanc a siapiau gwyn gwisgoedd nofio'r haf ar eu cyrff; brychni haul ar eu trwynau a'u gwalltiau'n donnog fel y môr. Dwy fôr-forwyn yn gorwedd ar graig yng nghanol y môr, a'r haul yn eu cusanu a'u cofleidio. A Sbeic a Joc yn ddau filidowcar esgyrnog yn gwneud dim ond syllu arnyn nhw. Yn raddol, daeth rhyw awydd rhyfeddol dros Sbeic. Roedd o eisiau twtsiad, cyffwrdd yn y fôr-forwyn hardd.

Ond roedd o'n gwybod pe byddai'n cyffwrdd, y byddai'n cael ei lyncu a'i feddiannu. Byddai wedi ei ddifetha. Fyddai o byth 'run fath. Dyna ddywedodd ei fam wrtho fo droeon. "Cadw dy hun i ti dy hun."

Roedd 'na ogla pi-pi. Ogla ether cryf. Roedd mewn hen adfail a'i waliau'n hanner sefyll, ond roedd yn gysgod rhag gwynt y gorllewin, meddyliodd Sbeic. Hen le diflas. I be oedd o eisiau dod yma? I orwedd mewn hen ddail a hen bi-pi rhywun arall? Yna, cofiodd – roedd o wedi rhedeg i ffwrdd. Sbonciodd

am ei mam yn gwneud i'r pili-pala bach du godi'n araf y tu mewn i'w stumog. Doedd hi erioed wedi gweld pili-pala hardd, dim ond mewn llyfrau ac ar y we. Cododd adenydd y pili-pala yn uwch ac yn fwy, fel dau glais hyll. Gwyddai mai ceisio ei dychryn roedd y pili-pala enfawr ac fe lwyddai bob tro, nes bod ei stumog yn troi a theimlai'r cyfog yn codi o'i bol a thrwy ei hymysgaroedd ac i fyny i'w gwddw. Roedd rhaid iddi lanhau ei meddwl yn lân ac mi fyddai hynny'n cymryd tri munud cyfan. Yn gynta, roedd rhaid anadlu'n ddwfn i mewn trwy waelod ei thraed, i fyny at ei bol ac anwybyddu'r pili-pala cyn iddo ei gweld hi, anwesu ei chalon a'i phen poenus yn gariadus. Wedyn, dychmygu bod ganddi *wet wipe* yn ei llaw a'i daenu'n dyner o gwmpas yr holl boenau yn ei phen a'u mwytho'n annwyl fesul un, eu molchi a'u glanhau nes bod pob un yn gorwedd ac yn tawelu unwaith eto. Agorodd ei llygaid yn araf, teimlai ei phen yn ysgafnach, yn dawelach. Yna, edrych i mewn i lygaid y pili-pala mawr du a gwenu arno. Cysur roedd o'i eisiau, nid cerydd. Cysur cynnes fel mêl ar ddarn o dôst neu sws ar foch.

Daeth y bws i stop y tu allan i Grey's Newsagent. Handi, meddyliodd, at y stepen drws heddiw. Roedd y dreifar yn glên bore 'ma, neu roedd arno eisiau rhywbeth ganddi. Tarodd ei bag denim gwag dros ei hysgwydd, ysgydwodd y nos o'i gwallt golau, hir a cherddodd yn dal ar hyd y bws tuag at y drws gan smalio mai hi oedd Naomi Campbell yn cerdded ar hyd y *catwalk* mewn dillad drud.

Pwysai'r dreifar ar ei law, a chwsg noson cynt yn dal yn ei wên. Gwên heulog. Cydiodd yn y wên a'i chuddio ym mhoced ei siaced ddenim yn saff. Ella châi hi 'run arall drwy'r dydd. Roedd hon yn werthfawr.

Neidiodd allan drwy ddrws y bws ac i olau cynnes y siop bapur newydd a ffags. Câi baned gynnes gan Joe cyn cychwyn ar ei rownd bapur, a'r dref i gyd yn dechrau deffro.

Gwartheg

Doedd Sbeic ddim yn siŵr am faint o amser y bu'n gorwedd yn breuddwydio, yn cyfri sêr, yn crio am ei fam, ac yn cysgu. Roedd o'n llwgu pan ddeffrodd. Roedd o yn yr un lle'n union â neithiwr – yr un cae, yr un ogla pi-pi a'r un giât. Sylwodd o ddim ar y giât ddoe. Cododd ar ei draed, taro'r rycsac ar ei gefn a phiso.

Edrychodd ar ei ffôn. Un deg saith o alwadau gan ei fam. A dau ddeg tri ganddi Hi.

Doedd o ddim yn hoffi'r teimlad yng ngwaelod ei fol, y teimlad diarth o fod eisiau ei fam nes ei fod yn brifo. Roedd o'n ddyn, ac roedd o'n gallu edrych ar ei ôl ei hun. Gwthiodd ddeigryn tew o'i lygad a smaliodd wrtho'i hun mai'r gwynt oedd yn fain. Brasgamodd tuag at y giât agored. Aeth o ddim yn bell iawn oherwydd y tu ôl i'r giât roedd tarw a gwartheg. Llwyth ohonyn nhw.

Ysgydwodd ei ben – doedd o a gwartheg ddim yn ffrindiau pennaf.

Pan oedd tua chwech oed roedd o ar fferm ei ewythr un haf a'i fryd ar fod yn ffarmwr. Aeth i'r cae i nôl y gwartheg er mwyn eu godro, gan feddwl helpu ei ewythr, ond doedd y gwartheg ddim eisiau cael eu godro. Safodd yng nghornel y cae a'r gwartheg yn chwyrnu ac yn bygwth, gan daro'u carnau yn y mwd.

Safodd un fuwch ar ei droed, a'i charn yn pwyso a phwyso. Gwaeddodd Sbeic nerth ei ben a chlywodd grac. Roedd o ar lawr bron, o dan gorff anferthol y fuwch. Closiodd y gwartheg eraill yn nes ac yn nes at ei gilydd, fel tasan nhw'n 'chwarae lladd' efo fo.

Sgrechiodd eto a gweiddi ar ei ewythr, rhywun, Duw, i'w achub.

Ei ewythr a achubodd Sbeic, drwy afael yn ei droed a'i halio'n sydyn i fyny i'r awyr. Neidiodd ei gefnder i sedd y tractor a gyrrodd i ganol y gwartheg i'w dychryn.

Y peth nesaf a gofiai Sbeic oedd iddo gael ei gario ar frys i mewn i'r tŷ a'i fodryb yn rhoi paned o de llawn siwgwr iddo. Doedd o ddim yn hoffi te.

Y noson honno, ac yntau'n gorwedd mewn gwely yn ward y plant yn yr ysbyty, ei droed a hanner ei goes dde mewn plastar, deffrodd i weld ei fam yn crio.

"Lle ma fy welingtons i, Mam?" gofynnodd iddi.

"Roedd un hen fuwch wedi cymryd ffansi atyn nhw, yli. Dim ots."

"Dwi'm yn ffrindia efo gwartheg dim mwy sdi, Mam," meddai Sbeic yn ddiniwed a chafodd homar o hufen iâ mawr ar ôl dod allan o'r ysbyty, efo dau fflêc yn sticio allan ohono fel dwy glust Bugs Bunny.

Ysgydwodd ei hun a dweud yn uchel wrth y gwartheg ei fod o'n ddyn a doedd arno mo'u hofn nhw. Cerddodd i'w canol a'i ben yn uchel ac wrth iddo nesáu atyn nhw, cododd ambell un ei phen ac edrych arno wrth gnoi gwair yn ddiog. Yna, yn annisgwyl i Sbeic, fe sgrialodd pob un fuwch oddi wrtho a rhedeg nerth eu coesau i ben pella'r cae fel pryfaid bach ofnus. Roedd ar y gwartheg ofn Sbeic y diwrnod hwnnw.

Gwenodd Sbeic am y tro cyntaf ers y diwrnod cynt. Roedd o'n teimlo fel Brenin y Gwartheg.

Mam a Fairy Liquid

Byddai Mel yn hel meddyliau bob dydd am ei phriodas. Priodas fawr yn llawn chwerthin a gobaith, ffrog wen ffriliog a theisen anferth yn llawn addewidion. Popeth yn binc ac aur a gwyn. Lliwiau breuddwyd.

Ei breuddwyd fawr hi, fel pob hogan fach arall.

Ond gwyddai hefyd fod breuddwydion yn gallu cael eu malu'n deilchion fel cwpan tsieina denau. Caeodd ei llygaid ac anadlu'n ddwfn. Byddai meddwl a chynllunio ei phriodas yn fodd o ddianc i'w melysfyd, ymhell o ddiawlineb ei bywyd bob dydd. Daeth sgrech o'r llofft. Ei mam. Pam oedd hi'n sgrechian o hyd?

"Melanie! Panad rŵan, nid fory!"

Pam nad oedd ei mam yn siarad mewn brawddegau call fel pawb arall? Cyfarth oedd hi, fel hen ast flin.

Trodd i roi swits y tegell ymlaen ac estyn

am y tatws er mwyn dechrau gwneud swper. Chips. Eto. Roedd wedi laru ar chips o hyd, ond bob tro y gofynnai i'w mam am bres i brynu bwyd byddai honno'n troi ei chefn ac yn smalio nad oedd Mel yno. Roedd hi'n gyfarwydd â chael ei hanwybyddu. Pan oedd hi'n hogan fach doedd dim amser gwely yn nhŷ Mel a doedd hi ddim yn gwybod beth oedd cael bàth, Horlicks poeth a stori gan ei mam cyn cysgu.

Pan fyddai Mrs Davies yn yr ysgol fach yn gofyn pa stori oedden nhw wedi'i chael y noson cynt, byddai Mel yn dweud celwydd ac yn smalio bod ei chartref fel un mewn stori a bod ei mam fel y ddynes oedd yn golchi llestri efo Fairy Liquid ar y teledu.

Roedd yn rhaid iddi fynd allan, er mwyn anadlu'n iawn. Teimlai fod waliau ei chartref yn cau amdani fel cragen a hithau'n falwen fach yn cuddio y tu mewn.

Llyncodd ddau barasetamol a joch o Coke i'w golchi i lawr. Cur pen eto, cur pen bob dydd. Byddai raid iddi chwilio am siop gemist arall i gael ei thabledi fory. Roedd Roberts

Amygdala

Tecst arall ganddi Hi.

Dwi'n dy watsiad di, Sbeic, a dwi'n disgwl y £1,000 'na. K? x

Pam ddiawl oedd hi'n rhoi 'x' ar ddiwedd tecst mor hyll? Doedd o ddim yn dallt yr hogan a doedd o wedi gwneud dim o'i le. Gwyddai fod darn bach yn ei ymennydd, mor fach â maint gewin, o'r enw 'amygdala' a oedd yn gyfrifol am greu emosiwn mor fawr ag ofn.

Os oedd yr amygdala mor fach, pam oedd ofn mor fawr? meddyliodd.

Ond rŵan roedd hi'n rhy anodd meddwl am ddim byd.

Jag

Noson glir, a rhew yn bygwth rownd pob cornel fel lleidr. Tynnodd Mel ei thafod allan i flasu'r nos. Roedd hi'n rhydd am awr neu ddwy. Dawnsiai ar hyd y palmant du a throelli o gwmpas pob polyn lamp gan chwerthin. Dyma pryd y teimlai hapusaf. Roedd y tywyllwch a'i gysgodion yn gyfeillion iddi.

Clywed y Jag mawr du yn anadlu y tu ôl iddi wnaeth hi gynta. Sleifiodd y tu ôl iddi fel hen lwynog. Trodd ei phen a gwelodd lygaid yn edrych arni. Gwenodd gyrrwr y Jag. Llygaid clên yn chwarae efo hi. Hanner gwenodd hi'n ôl, yn ansicr. Atgoffai'r gyrrwr hi o'i thaid, oedd yn byw yn y Llew Gwyn bob prynhawn ac yn cysgu o flaen y teledu bob nos.

Roedd hi'n ffrindiau da efo'i thaid. Ella bod hwn eisiau bod yn ffrindiau hefyd, meddyliodd.

Arafodd ei chamau ryw fymryn a daeth y Jag yn nes. Roedd blaen y bonet bron â chyffwrdd cefn ei choesau. Clywodd brrrrrrrrrrr y ffenest drydan yn llithro i lawr i'w grud a gwres ac arogl whisgi drud yn sleifio tuag ati fel gwahoddiad rhad. Stopiodd hithau a phlygodd i edrych drwy'r ffenest.

"Sgin ti ffag, taid?" giglodd Mel.

Gwenodd y dyn eto. Gwên gynnes, llawn whisgi. Roedd hi'n hoff o arogl whisgi heno. Sylwodd ar y graith ddofn ar ei foch chwith a honno'n goch a phiws. Craith newydd. Estynnodd ei llaw at foch y dyn a dilyn llwybr y graith â'i bys bach oer.

"Ma dy fys di'n oer," meddai. 'Mi g'nesa i di. Ty'd i mewn," ac agorodd ddrws cefn y Jag iddi.

Sythodd Mel, edrychodd ar hyd y stryd hir, gweld nad oedd neb yno a neidio i mewn i'r Jag poeth.

Taith fer gafodd hi ym moethusrwydd y Jag. Cynigiodd ffag iddi a bu'n smocio ac anwesu'r sêt ledr o dan ei chluniau a smalio mai Beyoncé oedd hi ac mai ei Dadi Siwgwr oedd o.

Doedd dim sgwrs. Doedd dim byd i'w

ddweud. Cydiai ei lygaid yn ei rhai hi bob hyn a hyn yn nrych y car. Y tro diwetha iddi gael cymaint â hyn o sylw oedd gan ei thaid, pan fu raid i Nain fynd i'r cartref hen bobol. Math gwahanol o sylw gâi hi heno gan y dyn diarth yma. Ei ffrind newydd.

Tybed i ble roedden nhw'n mynd? Doedd arni ddim ofn. Gwyddai nad llofrudd oedd o, roedd ganddo wyneb rhy ffeind.

Arafodd y car y tu allan i'r eglwys a'r fynwent. Doedd dim golau stryd yno, dim ond llusern y lloer yn peintio gwawr lwyd olau dros y to a'r beddi. Parciodd y car o dan y ddwy ywen ddu. Lle bach i guddio, lle bach i gadw cyfrinach oedd o.

"Be ti isio 'ta?" mentrodd Mel ofyn.

"Ty'd yma, del," meddai, a'i lais yn floesg. Tynnodd hi ato i sedd flaen y Jag.

Dringodd dros y sedd a cholli ei hesgid.

"Dwi 'di colli fy esgid," meddai Mel, a dechrau chwerthin fel hogan fach ddrwg.

"Dim ots, bryna i sgidia newydd iti," meddai, ac estyn am ei throed fechan wen a'i hanwesu'n dyner efo'i fysedd hirion. "Ti mor ifanc."

"Pymthag a hannar – digon hen i briodi pan dwi'n un ar bymthag os dwi isio," meddai hi. Chwarddodd yntau ar ei naïfrwydd.

"Troed fechan, ddel," meddai wedyn.

Crwydrodd ei fysedd ar hyd ei throed, i fyny ochor ei choes ac yn ôl i lawr. Cusanodd ei bysedd. Edrychodd Mel ar gorun moel ei ben. Hen ddyn, meddyliodd. Mor hen â'i thaid.

"Ti fel angyles, ti'n gwbod hynny?" murmurodd.

"Yndw," meddai Mel.

Angel gwarchodol

Roedd sŵn y ffrij yng nghornel y caffi fel mewian cath. Bron na theimlai Sbeic ei fod am neidio amdano a'i fwyta'n fyw.

Crynodd, er fod cynhesrwydd y tu mewn i'r siop yn ei atgoffa o ddarn o dôst poeth, a menyn yn toddi'n felyn drosto. Cofleidiodd y gwres a gadael iddo lyfu ei fochau gwyn nes eu bod yn troi'n binc fel pen-ôl babi. Safodd am amser hir yn syllu ar y deisen siocled a cheirios bach coch sgleiniog yn addurn arni. Crwydrodd ei lygaid at res o sgons tew a'u boliau'n llawn o hufen a jam mefus. Ymlaen wedyn at deisen sbynj a llwch eisin yn eira ar ei hwyneb. Roedd honno'n gwenu arno'n glên fel tasa hi'n dweud: "Ty'd yn dy flaen, byta fi, byta fi i gyd pob tamad."

Trodd ei ben yn sydyn wrth glywed llais anghyfarwydd yn ei glust.

"Ty'd yn dy flaen," meddai. Pwtan fechan, foliog wedi ei gorchuddio â ffedog ddu at ei thraed. Gwisgai gapyn bach du a gwyn am ei phen. Meddyliodd am funud mai lleian oedd hi ac y byddai'n dechrau gweddïo.

"Sgen i ddim drwy dydd, washi!" bloeddiodd y 'lleian', mewn llais a oedd yn fwy na hi. "Rŵan, be gymri di, boi?"

"Dim byd, jyst sbio dwi," cyfaddefodd Sbeic.

"Sbio?" Roedd ceg y lleian yn siâp 'O' llydan fel caead sosban. "Fedri di ddim *sbio* ar deisennau, y lembo. Caffi ydi hwn, ac fel arfer ma pobol sy'n dod i gaffis yn prynu rhwbath i fyta neu i yfad."

"O... wel, gymra i ddiod o ddŵr 'ta," meddai Sbeic.

Estynnodd y lleian am wydraid o ddŵr a'i osod ar y cownter o flaen Sbeic.

"Am ddim," meddai'n swta. "Sgin ti'm pres nag oes, boi?"

"Sut dach chi'n gwbod?" meddai Sbeic fel tasa fo'n hogyn bach wedi cael ei ddal yn gwneud drygau.

"Gen i hogyn adra tua 'run oed â chdi. Faint wyt ti? Pedair ar ddeg? Pymthag? Ac mae yntau ar ei dyfiant hefyd, yn byta pob dim yn y tŷ 'cw, fel tasa diwadd y byd yn dod. Ofynnais iddo fo ddoe a oedd llyngyr arno fo!"

"Y?" holodd Sbeic. Roedd sŵn y gair 'llyngyr' yn annifyr.

"Llyngyr 'de, boi. Mwydod bach gwyn yn dod allan o'i din o. A chrafu – sgin ti'm syniad fel ma nhw'n cosi, y diawlad bach annifyr."

A tharodd y sgonsan fwya o'r ffrij ar blât a thywallt paned a'u rhoi o flaen ei drwyn.

"Byta hwnna cyn iti syrthio a neud llanast ar y llawr 'ma. Dwi newydd fopio."

Cymerodd Sbeic y sgonsan a'r baned gynnes yn awchus a sodro ei hun wrth y bwrdd agosaf at y ffenest, lle roedd yr haul yn tywynnu arno fel tomato bach mewn potyn.

Gwenodd Sbeic ar y lleian a phenderfynodd mai angel oedd hi, nid lleian. Angel gwarchodol.

Ella fod 'na rywbeth yn y busnas Duw 'ma wedi'r cyfan, meddyliodd a phlannu ei ddannedd i fewn i'r sgonsan nes bod hufen a jam yn batrwm coch a gwyn o gwmpas ei geg.

Roedd o'n gwybod y byddai'n byw i weld yfory rŵan. Rywsut, rywfodd, gwyddai y byddai'n llwyddo i'w gadw ei hun yn fyw.

Black Widow Spider

Bu Mel yn eistedd yn y lloches fysus am 20 munud ac 13 eiliad, yn meddwl am y dyn yn y Jag. Pasiodd dau fws gwag, dyn meddw ar gefn beic a hogan ysgol yn gwthio pram.

"Dwi am ddechrau byta dynion, fel mae'r Black Widow Spider yn ei neud. Byddai llawer llai o broblemau yn y byd," myfyriodd Mel.

"Mel, haia! Dwi ddim wedi dy weld di ers yr ha," meddai'r hogan ysgol oedd yn gwthio pram efo babi tenau yn gorwedd y tu mewn iddo.

"Haia, Hels," meddai Mel. Doedd hi ddim eisiau rhyw siarad gwag efo hon.

"Hogyn bach – Twm. Gojys pojys, dw't? Twmi Mwmi 'de! Twmi Mwmi bach fi," gyrgliodd Hels dros y pram.

Syllodd Mel arni'n hurt.

"Ydi pob mam yn siarad fel'na efo'u babis, Hels?" gofynnodd Mel yn sych.

"Y? Ma raid i rywun siarad efo'r peth bach. Tydi ei dad o ddim yn… Eniwe, ti isio gwm?" meddai Hels, gan ddal paced o *chewing gums* yn wyneb Mel.

Cymerodd Mel ddau, taro un yn ei cheg a'r llall yn ei phoced.

"Tydi ei dad o ddim yn be?" holodd Mel, ddim eisiau gwybod go iawn.

"O, dim byd, jyst, wel, fel'na ma hogia, 'de? Yn cymryd y byd a rhoi dim byd yn ôl."

Cnoi wnaeth y ddwy am ddau funud a'r babi'n cysgu'n sownd fel llygoden fach yn ei bram.

"Ti mewn twll?" meddai Mel.

"Twll tin y byd," meddai Hels fel hogan fach chwech oed, a rhoddodd ei braich ym mraich Mel a gafael ynddi'n dynn.

Llun yn y papur newydd

Gorweddai Sbeic ar y fainc ar y cei yn creu patrymau o'r cymylau. Ceffyl gwyn, castell yn yr awyr a thyrau uchel. Rapunzel a'i gwallt hir yn edrych i lawr arno o'r tŵr uchaf un. Roedd ei gwallt yn un blethen hir yn hongian yr holl ffordd i lawr wal y tŵr a waliau'r castell, i lawr ac i lawr drwy'r cymylau gwlân cotwm, nes bod Sbeic yn gallu cyffwrdd ei gwallt â'i law. Gafaelodd yn y blethen hir ac edrych i fyny i lygaid Rapunzel.

"Achub fi, achub fi!" gwaeddai, a'i llais yn fach, fach, ymhell i fyny yn y stratosffer. Dechreuodd Sbeic ddringo i fyny'r blethen ond roedd hi'n daith anodd. Wrth afael yn y gwallt, a hwnnw fel sidan, llithrodd yn ôl i lawr a glanio'n galed ar y llawr.

Agorodd Sbeic ei lygaid a gweld y sêr

cyfarwydd. Roedd y cymylau wedi diflannu a Rapunzel hefyd wedi mynd.

"Be ddigwyddodd?" gofynnodd, ond atebodd neb. Roedd ar ei ben ei hun eto.

Dechreuodd chwerthin pan sylweddolodd ei fod wedi syrthio i gysgu ar y fainc ac wedi disgyn oddi arni yn ei freuddwyd.

Roedd hi'n nosi, a'r sêr cynta'n wincio arno'n chwareus. Crynodd, codi ar ei eistedd a thynnu ei gôt yn dynnach amdano. A dyna pryd y gwelodd y papur newydd ar ben pella'r fainc. Estynnodd am y papur a'i agor.

Ar y dudalen flaen gwelodd lun mawr du a gwyn, llun ysgol o hogyn golygus yn gwenu. Roedd ei wallt yn daclus, ei wên yn felys a'i wyneb yn lân. Roedd fel edrych i mewn i ddrych.

Gwelwodd wyneb Sbeic a daeth gwe pry cop gwyn ar draws ei lygaid. Rhwbiodd ei lygaid yn ffyrnig. Edrychodd eto ar y llun, ond nid yr un hogyn â'r un yn y llun oedd Sbeic mwyach. Neidiodd y geiriau du o'r dudalen a'i daro rhwng ei lygaid.

MISSING

Local boy. Police are appealing to anyone who may have seen Simon Thomas in the last 36 hours. Simon Thomas, 'Sbeic' to his friends, was reported missing from his home on Wednesday morning at 6 a.m. His parents, Mr Sulley and Heather Thomas, became anxious when their son failed to return home from rugby training the previous evening (Tuesday).

He is 5'6" and is of small build, has short brown hair and brown eyes. He was wearing grey jogging pants, blue T-shirt and a black hoodie, trainers and jacket. He is carrying a Nike rucksack with the wording Just do it. *The police and the family are concerned for his welfare. Anyone who has seen Simon, please phone their local Police Station immediately, on 0143 569340.*

Plygodd Sbeic y tudalennau yn ôl at ei gilydd yn dynn a'u plygu'n barsel bach bach, fel tasa fo'n trio gwasgu ei fodolaeth i'r belen leia'n y byd.

Caeodd ei lygaid, tynnodd anadl ddofn a
theimlo ei galon yn curo'n galed y tu fewn i'w
hwdi. Gweddïodd Sbeic ar y Duw nad oedd
yn credu ynddo, am arwydd o be i'w wneud
nesa.

Nid atebodd Duw ei weddi.

£1,000

Cododd Mel yn frysiog. Doedd hi ddim angen ffrind gorau a fasa hi byth yn dewis Hels. Roedd ganddi alergedd at famau. Edrychodd i lawr y stryd wlyb a theimlodd bluen eira ar ei boch. Yna un arall ac un arall. Edrychodd i fyny i'r awyr oren a gweld cannoedd o blu eira bach oren yn chwyrlïo'n dawel.

Roedd dawns yr eira yn oren a du.

Dechreuodd babi Hels grio. Roedd o'n oer ac yn dechrau troi'n ddyn eira bach yn ei bram. Chwarddodd Mel.

"Paid â chwerthin am ei ben o," meddai Hels yn flin.

"Mae'n edrach fel dyn eira bach, a'i drwyn o'n goch," meddai Mel.

Ac yna sylwodd mai dim ond blanced fach denau oedd am ei goesau a doedd ganddo ddim côt gynnes. Edrychodd y ddwy ar ei gilydd. Roedd trwyn y babi'n rhedeg, a'i grio'n codi cyfog ar Mel. Cododd, yn falch o gael gadael y diflastod.

"Hei Mel, os weli di Sbeic y Sbrych, deud wrtho fod arna fo £1,000 imi, 'nei di?"

"Nabod dim ar dy ffrind di, sori, Hels!" gwaeddodd Mel yn ôl.

"No friend of mine, bêbs! Tad hwn ydi o, a dwi'm 'di gweld lliw ei din o ers i hwn gael ei eni. Maintenance dwi isio, dim ond hynny, ac ma hynny'n iawn, dydi?" a'i llais yn desbret.

"Sbeic, ddudist ti? Swnio'n rêl sinach i dy adael di yn y cach fel hyn, Hels," meddai Mel â thinc o biti yn ei llais.

"Ia, wel, 07845 832145 os ti'n dod ar draws Sbeic, ocê? Diolch, pal."

"Rhaid imi fynd, Hels, dwi'n *allergic* i fabis, yli," a cherddodd Mel i ffwrdd.

"07845 832145 – cofia'r rhif!" gwaeddodd Hels ar ei hôl.

Gwaeddodd y babi'n uwch. Roedd o'n oer ac eisiau bwyd, a Duw a ŵyr lle roedd ei dad o.

O ofn y daw cryfder

Roedd y cei yn lliw arian o blu eira mân a'r tonnau bach yn ddu. Roedd Sbeic wedi oeri a gwyddai fod angen iddo gynhesu neu farw. Cododd oddi ar y fainc, codi'r papur newydd efo un llaw a'i roi ar ei ben, gafael yn ei rycsac efo'r llaw arall a rhedeg. Rhedodd o'r cei, dros y bont fechan lle byddai'r hogiau bach yn hel crancod yn yr haf, i fyny'r allt i Goed Derwen. Braf oedd cael rhedeg nerth ei draed, cael teimlo'r gwaed yn pwmpio a'i galon yn curo'n galed. Teimlai'n fyw. Rhedodd i ganol y goedwig a brigau'r coed ifanc yn chwipio ei wyneb.

Yn sydyn, clywodd sŵn pell ond sŵn agos hefyd. Rhyw sŵn fel cath yn mewian neu fel babi'n crio? Clustfeiniodd eto. Sŵn poen. Cododd ar ei draed ac edrych o'i gwmpas. Dim sŵn, dim ond sŵn lleia un y plu eira'n llithro i'r llawr.

Pan oedd o'n hogyn bach, rhuthrai i guddio

yn y twll dan grisiau a chau'r drws yn dynn ar ei ôl pan fyddai arno ofn. Byddai ei fam yn dod â brechdan jam ar blât Superman a diod o Vimto iddo, a chysur yn ei chardigan. Eisteddai yng nghanol y cotiau, yr hŵfyr a'r sgidiau, yn cnoi ei frechdan yn galed. Arogl cartref ar hen gôt law ei dad yn mwytho calon yr hogyn bach. Gallai ogeluo'r hen gôt law, ac roedd Sbeic 'nôl yn y twll dan grisiau yn bwyta ei frechdan jam.

Yna'r sŵn eto, griddfan, cwyno. Roedd ar ei ben ei hun mewn coedwig, ar goll yn y byd, a gwallgofddyn yno hefyd. Daeth teimlad rhyfedd i'w wddw, roedd o'n mygu o ddiffyg awyr iach. Roedd y goedwig a'r eira yn cau amdano a'r brigau bach gwlyb yn chwilio amdano, yn cyrlio eu canghennau bychain, tenau o gwmpas ei wddw ac yn ei dagu. Rhaid oedd dianc, a dringodd i fyny i dop y goeden dderwen fawr.

Teimlodd rywbeth ar ei war a rhewodd.

Yn ara bach, trodd a gweld dwy lygad fawr, ambr yn syllu i'w ddwy lygad o. Tylluan. Cododd dwy adain fawr o gwmpas pen Sbeic, a'r plu'n ogleuo o damprwydd a marwolaeth.

Symudodd o ddim.

Roedd pig yr aderyn yn agos i'w wyneb fel dagr.

Symudodd o ddim. Dwy lygad yn llosgi.

Symudodd o ddim. Corff llygoden fach y maes yn llonydd rhwng ei chrafangau.

Symudodd o ddim. Yn ara, dechreuodd y dylluan rwygo'r llygoden â'i phig, a darnau bach o gnawd yn chwyrlïo fel y plu eira.

Symudodd o ddim. Ac yna, plannodd ei phig mawr, miniog i galon oer y llygoden. Gallai ogleuo'r gwaed o gwmpas ei phig. Cododd ei phen mawr ac edrych arno. Roedd hi'n gwenu.

Blas sur

Does 'na ddim llawer o gariad yn y byd mawr gwallgo 'ma, meddyliodd Mel wrth gerdded ar hyd y stryd am adre. Roedd blas sur yn ei cheg, a'r cur yn ei phen yn waeth nag erioed.

Ar y teledu

Erbyn i Sbeic gyrraedd yn ôl i'r cei, yn y dre, roedd eira'n haenen denau o flawd ar y palmant. Edrychodd ar ôl ei draed yn yr eira, a chafodd gysur o wybod ei fod yn fyw o hyd. Doedd y dylluan ddim wedi ei fwyta yntau hefyd.

Pasiodd siop deledu ac roedd yr un wyneb yn syllu arno o'r sgriniau i gyd, a'r ddwy lygad fel tyllau tywyll, pell. Edrychodd ar siâp ceg y ddynes ar y teledu, ei hwyneb yn ddifrifol a'i geiriau mud yn dweud pethau mawr. Adnabu'r ddynes y tu ôl i'r meicroffonau du. Roedd ei hwyneb fel llyfr, yn stori i gyd, ei llygaid yn wag a'i chroen yn edrych fel petai'n brifo. Estynnodd ei law drwy'r ffenest wydr, drwy sgrin y teledu a chyffwrdd yng nghalon y ddynes. Roedd ei chalon, fel yr eira ar lawr, yn oer, oer.

Gwenodd yn wan ar y ddynes yn y teledu ond ni wenodd honno'n ôl arno. Daeth deigryn mawr tew i'w llygaid, lliw dŵr budur.

Ac fe roddodd ei llaw ar ei chalon.

Mae'n rhaid bod ei chalon hi'n brifo'n ofnadwy, meddyliodd Sbeic.

Cododd law arni a ffarwelio â'r ddynes yn y teledu.

Ei fam.

Ledi

Hofran oedd hi, yng nghanol y dorf, fel rhyw dylwythen deg. Crynai ei hadenydd bach neilon i rythm y miwsig pell. Neidiodd i'r awyr eto a gwibio o un person i'r llall, a'i ffon hud yn taenu llwch hud a lledrith dros ei ffrindiau newydd.

Cusanai'r awyr fel petai'n cusanu ei chariad cynta. Curai ei dwylo i fît y gitâr, dawnsiai i sŵn clychau ei thamborîn, a sŵn chwerthin plentyn dyflwydd oed oedd ei chwerthin hi. Ei bwyd a'i diod oedd y miwsig. Roedd hi'n hedfan, yn hedfan ar gwmwl o gandi fflos pinc a'i phen yn y gwynt. Roedd ei thraed wedi hen adael y ddaear.

Roedd hi'n perthyn i fyd bach cudd, ei byd bach ei hun, yn cofleidio cadeiriau a byrddau'r clwb nos fel petai wedi darganfod hen, hen ffrindiau. Doedd hi ddim yn sylwi mai pren marw oedden nhw a bod ei ffrindiau go iawn wedi hen fynd adre a'i gadael hi i'w breuddwydion.

Roedd y dawnswyr diarth yn chwerthin am ben yr hen dylwythen deg yn siglo ei thin ac yn mwytho'r golau llachar.

Welodd neb y gwythiennau du ar ei braich. Map ohonynt, yn goesau pry cop ar hyd ei chroen gwyn.

Stryd wallgo

Roedd canol nos fel canol dydd, meddyliodd Sbeic.

Doedd o rioed wedi bod allan yn y dre mor hwyr y nos â hyn o'r blaen. Roedd rhyw hogan mewn twtw glas golau yn dawnsio mewn ffownten o ddŵr ynghanol y sgwâr. Roedd ei gwallt yn gudynnau gwlyb dros ei hwyneb a'i masgara fel pryfaid ar ei chroen. Roedd hi'n chwerthin, yn dal potel o Spritz blas afal yn un llaw a'i sgidiau yn y llall.

Roedd hogyn yn gorwedd ar ganol y lôn, yn herio'r gyrwyr tacsi i yrru drosto. Gwaeddai'n uchel ei fod yn fab i Dduw ac y byddai byw am byth. Dreifiai'r gyrwyr tacsi'n araf ac yn ofalus o gwmpas y dyn gwirion, a'u llygaid wedi blino.

Gwelodd griw o bobol yn simsanu cerdded. Roedden nhw fel dominos, yn syrthio dros ei gilydd i gyd. Llusgai un ei hun ar hyd y ffordd fel llysnafedd, fel petai'n smalio bod yn falwen. Roedd un arall a'i fysedd bob ochor i'w ben fel dwy glust yn neidio fel cwningen wirion. Ac un arall yn fwnci yn chwerthin, hw-hw-hw, ha-ha-ha, ac un arall yn chwydu dros y falwen nes bod hwnnw'n chwerthin ac yn drewi.

Safodd Sbeic mewn drws siop. Gwthiodd ei gorff mor agos ag y gallai i du mewn y drws. Doedd o ddim eisiau cael ei weld. Doedd o ddim eisiau gweld chwaith. Llithrodd i lawr ar hyd y drws ac eistedd yn swp ar y llawr. Roedd o eisiau diffodd y pantomeim oedd o'i flaen, troi'r sŵn i lawr a chysgu. Caeodd ei lygaid a thynnu coler ei gôt yn uwch.

Siwgwr 'ta surni?

Cododd Ledi ei phen oddi ar y slab oer. Roedd ei hadenydd bach yn rhacs ac yn hongian yn llipa. Roedd sbarcl y dylwythen deg wedi pylu ers oriau. Edrychai fel hen wrach yn stori Eira Wen. Roedd ei gwallt yn eira i gyd.

Agorodd ei llygaid. Roedd yn gorwedd yn nrws siop Save the Children. Anadlodd yn ddwfn a daeth sŵn craclo o'i hysgyfaint. Meddyliodd fod ei hysgyfaint am rwygo'n ddau a ffrwydro fel balŵn. Chwythodd ei thrwyn ar lawes ei siwmper fudur a chynnau hen sigarét oddi ar y palmant. Anadlodd y mwg a phesychu fel rhyw hen fuwch.

Roedd sawdl un o'i hesgidiau wedi torri a chwarddodd.

"Cinderella shall go to the Ball!" gwaeddodd i lawr y stryd a oedd wedi troi'n ffair y nos.

Chymerodd neb sylw ohoni. Roedd pawb mor feddw â'i gilydd, yn gorwedd yn eu chŵd eu hunain, yn gweiddi ar y cops a phawb yn caru pawb.

Cydiodd Ledi yn ei bag plastig o Tesco a thwrio i'w waelod i chwilio am rywbeth.

Bugeiliaid y Stryd

Safodd Sbeic yno, yn gwylio, ac roedd yn ysu am drefn. Roedd pawb mor flêr, yn batrymau rhyfeddol o gyrff. Roedd fel dawns, meddyliodd. Dawns heb reolau a heb fiwsig.

Ai peth fel hyn ydi anarchiaeth? Ydi'r byd i fod mor anhrefnus â hyn? meddyliodd.

Aeth heibio rhyw foi oedd yn gorwedd mewn bocs. Boi clyfar mae raid, oherwydd roedd yn darllen llyfr trwchus.

Wrth gerdded heibio'r siopau gwag a'u ffenestri wedi'u goleuo i ddangos dillad drud, stopiodd wrth un ffenest ac edrych ar res o fodelau gwyn hirgoes, tenau. Pethau di–flew, di-wallt, di-lygaid, di-enaid a phob un yn edrych o'u blaenau fel robotiaid, yn ddi-wên ac yn ddigalon.

Maen nhw'n debyg iawn i bobol, meddyliodd Sbeic.

Wrth gerdded ymhellach gwelodd griw o bobol hŷn. Rhy hen i fod yn mynd i *Chat*, y clwb nos; yn rhy hen i fod yn crwydro'r dre hefyd, meddyliodd. Roedd un yn rhoi fflip-fflops i ryw hogan oedd wedi taflu ei sgidiau sodlau uchel i'r bin agosa.

"Couldn't effing walk in them, could I? And I was slipping all over in this snow. They were effing gorgeous shoes, they were, wannabe Lobo… Loubit… Lobaouti… and they cost an effing bomb. What an effing waste! Oh, I feel sick."

A dyma hi'n chwydu dros sgidiau call y ddynes oedd wedi rhoi'r fflip-fflops iddi. Edrychodd y ddwy i lawr ar eu traed.

"Oohh, I'm so sorry. I don't know what came over me. It must 'ave been somethink I ate. Anyways, better out than in, I say, innit?"

Tynnodd y ddynes bâr arall o fflip-fflops o'r bag, tynnodd ei sgidiau a'u taflu i'r bin.

"Look, love, we're matching, you an' me. Both of us wearing flip-flops. How cute! You're my best friend. 'Ere, everybody, meet my new best friend!"

A dyma hi'n gafael am y ddynes hŷn a'i

thynnu i ddawnsio o gwmpas polyn i rythm *bwm bwm bwm bwm* o lifai i'r stryd o *Chat.* Edrychai'r ddwy fel petaen nhw'n cael yr hwyl gorau.

Gwelodd Sbeic y geiriau ar ei chôt, 'Bugeiliaid y Stryd.'

"Ti'n iawn?" gofynnodd rhyw ddyn iddo. "Ti isio potal ddŵr?"

Cymerodd Sbeic y dŵr yn ddiolchgar.

"Cysgu'n ryff wyt ti?" holodd y dyn.

"Rhwbath fel'na," meddai Sbeic.

"Yli, dyma gyfeiriad hostel i'r digartre. Gei di wely am y nos. Jyst deud 'mod i wedi dy anfon di yno. Colin, o Bugeiliaid y Stryd. Byddan nhw'n gwbod pwy ydw i. Cym' ofal."

Unwaith eto, diolchodd Sbeic i Dduw am edrych ar ei ôl. A dyna pryd y sylwodd ar Ledi yng nghefn pella drws y siop, yn cuddio yn y cysgodion.

Tramp, meddyliodd Sbeic a cherddodd tuag ati.

Yn y tywyllwch rwyt ti'n gweld yn glir

Doedd Sbeic ddim yn siŵr a oedd hi'n fyw ai peidio, a phan blygodd i weld a oedd hi'n anadlu fe saethodd braich Ledi allan o'i dillad a gafael yn ei goes a'i dynnu i'r llawr fel sach o datws. Dychrynodd Sbeic, a sylwodd ar ei hewinedd. Roedd baw yn gymysg â gwaed. Budreddi byw ar y stryd.

Roedd gan Ledi deulu yn rhywle, mae'n rhaid. Roedd ei thafod yn sych, yn ysu am fodca. Cymerodd swig o'r botel fodca'n swnllyd a chau ei llygaid yn dynn. Byddai'r swig gynta'n llosgi ei gwddw nes ei fod ar dân. Pesychodd eto.

"I bob teulu yn y byd!" gwaeddodd a chodi'r botel fodca uwch ei phen. "Ar be wyt ti'n sbio?" Edrychodd Ledi arno a'r poer o'i cheg yn dawnsio efo'r plu eira o gwmpas ei hwyneb.

"Chi," meddai Sbeic.

"Wel, paid," meddai Ledi a chymryd swig arall o'i fodca.

"Sori," meddai.

Dechreuodd Ledi besychu eto. Yn sydyn, gafaelodd yn ei wyneb yn dynn a hisian yn galed,

"Paid ti â meiddio symud. Ti'n dallt? Stedda'n fan'na a smalia fegera."

"Begera?" gofynnodd Sbeic yn dila.

"Ia, begio, efo dy ddwy law allan" ac ar hynny tynnodd Ledi rywbeth o'r bag Tesco a'i dynnu yn sydyn ar draws llaw Sbeic. Gwelodd fflach o olau gloyw yn oren y nos. Teimlodd rwyg siarp ar draws ei law, a hylif cynnes yn llifo ar hyd ei gnawd. Gwaed.

Gwthiodd Ledi'r gyllell loyw ym mhoced ei chôt yn slei bach, fel tasa hi'n meddwl nad oedd o wedi ei gweld hi'n gwneud. Taflodd gadach budur tuag ato.

"Hwda," brathodd, "a begia cyn imi rwygo dy lygaid o dy ben bach meddal di."

â hynny. Fyddai ei fywyd ddim gwerth byw tasa fo'n ildio iddi. Ei gwas bach hi fydda fo am byth. Sychodd y deigryn yn frysiog a chau ei lygaid am funud bach. Anadlodd yn ddwfn a theimlo ei stumog yn setlo ryw fymryn. Anadlodd yr awyr dywyll i'w ysgyfaint i gael gwared o'r mwg.

Gwyddai mai fel hyn roedd plant yn mynd ar goll. Sawl gwaith y gwelodd lun hogyn neu hogan yn syllu arno o ryw bapur newydd neu sgrin deledu, a'r pennawd 'Ar Goll' yn ddychryn?

Os nad oedd o'n ofalus, gwyddai y byddai Ledi yn ei feddiannu, yn ei garcharu. Gwyddai fod yn rhaid iddo ddianc. Roedd hi'n ddynes beryg yn ei meddwdod a doedd o ddim eisiau aros iddi sobri i gael gwybod a oedd hi'n ddynes ffeind.

Penderfynodd ei fod mewn hunllef, ond yr hyn oedd yn waeth oedd ei fod yn hollol effro.

Deryn bach a band lastig am ei adenydd

Trodd Mel y goriad yn nrws ffrynt ei thŷ cyngor blêr. Roedd cynnwys y bin mawr gwyrdd yn batrwm yn yr eira. Tuniau Baked Beans a sŵp tomato, a bagiau te wedi sychu. Roedd ganddi gywilydd am nad oedd ei mam wedi trafferthu i glirio'r bin. Dynes flêr, yn disgwyl i Mel wneud pob dim oedd hi. Wel, roedd hi wedi cael digon ar gael ei thrin fel hyn. Roedd ganddi hi fywyd hefyd ac mi benderfynodd yr eiliad honno ei bod am ddechrau byw y bywyd hwnnw. Wedi'r cyfan, dim ond un bywyd gâi pawb. Tynnodd y goriad o'r twll clo a'i daro 'nôl yn ei phoced, trodd a dechrau cerdded yn ôl drwy'r eira am y stryd. Wyddai hi ddim i ble'r âi, ond roedd am fynd yn ddigon pell o'r fan hon.

Cyn iddi gyrraedd y giât, a oedd yn gorwedd ar ei hochor yng nghanol yr eira, clywodd lais yn gweiddi arni drwy'r twll llythyrau.

O, blydi hel, meddyliodd, dwi'n trio dianc i rwla ac ma fy mrawd bach yn...

"Be ti isio?!" gwaeddodd i gyfeiriad y twll llythyrau.

"Ty'd yma!" gwaeddodd ei brawd arni.

"Dwi'n brysur, dwi ar fy ffor' i chwilio am ryddid!" gwaeddodd Mel.

"Plis ty'd yma," ymbiliodd ei brawd. "Mam."

Teimlai Mel fel deryn bach a band lastig am ei adenydd. Trodd i wynebu ei thŷ. Roedd golwg drist arno. Llusgodd ei thraed drwy'r eira yn ôl at y drws. Plygodd a sbio drwy'r twll llythyrau ac edrych i fyw llygaid ei brawd.

"Ia?" holodd. "Brysia, dwi ar frys."

"Mam," meddai Brei yn dawel.

"Be am Mam?" gofynnodd Mel.

"Mae hi'n... wel, dydi hi ddim... y peth ydi, dwi'm yn siŵr, ond dydi hi ddim fel tasa hi'n..."

"Be, Brei? Ti'n siarad, ond dwyt ti ddim yn deud dim byd!" gwaeddodd Mel arno'n ddiamynedd.

"Dwi'n meddwl bod Mam wedi marw," meddai Brei yn sydyn.

"Brei, pam ddiawl na fasat ti wedi deud hynna o'r dechra! Agor y blydi drws!"

"Fedra i ddim," meddai Brei a sŵn crio yn ei eiriau.

"Pam, y lembo?" Roedd Mel yn dechrau gwylltio.

"Ma Mam yn gorwadd ar lawr yn erbyn y drws a fedra i mo'i symud hi, ma hi'n rhy drwm."

"Ocê… aros yn fan'na," meddai Mel.

Estynnodd am ei ffôn â'i llaw'n crynu, a deialodd 999.

Pan atebodd y blismones a gofyn iddi lle roedd hi'n byw, doedd hi ddim yn cofio ei chyfeiriad ei hun. Aeth ei meddwl yn wag fel gwydr am eiliadau hir.

Erbyn i'r ambiwlans gyrraedd roedd Mel wedi dringo i mewn drwy ffenest y lolfa ac wedi cyrraedd ei mam. Roedd hi'n wyn, a'i llygaid hanner ar agor, hanner ar gau. Roedd Brei'n dweud y gwir, roedd hi'n edrych fel tasa hi wedi marw. Doedd hi prin yn anadlu ac erbyn i'r parafeddygon ddringo drwy'r ffenest ati roedd ei gwefusau wedi newid lliw ac wedi troi'n las peryglus.

Rasiodd cwestiynau drwy ben Mel fel bwledi bychain, miniog. Be tasa ei mam yn marw? Be tasa ei mam yn ddifrifol wael a bod Mel yn gorfod ei nyrsio hi, yn ogystal ag edrych ar ôl ei brawd, a phob dim arall. Crynodd drwyddi. Fasa rhaid i'w thaid… Taid, roedd rhaid iddi ffonio Taid i ddweud wrtho am ei mam. Go brin y câi lawer o sens ganddo fo chwaith, roedd hi'n hanner awr wedi dau yn y bore, ac mi fyddai wedi'i biclo efo cwrw a Jameson *chasers* bellach.

Deialodd rif ei ffôn symudol, ond ni ddaeth ateb. Tecstiodd ei thaid yn y gobaith y byddai'n cael y neges i ddod i'r ysbyty. Roedd un o'r parafeddygon yn gofyn cwestiwn iddi hi.

"Sgynnoch chi syniad faint o fodca mae'ch mam wedi'i lyncu?"

"Fodca a Coke, ia? Llyncu?" ailadroddodd Mel fel plentyn bach yn dysgu siarad am y tro cynta.

"Ia."

"Dydi hynny'n ddim byd newydd," meddai Mel yn ddi-hid.

"Na?" holodd y parafeddyg. "Faint mae hi'n yfed mewn diwrnod, 'sach chi'n deud?"

"Dwn i'm," meddai Mel. "Lot, ym… 'sa'm yn well mynd â hi at ddoctor yn lle siarad yn fan'ma…? Ma hi'n diabetig, ella ei bod hi wedi anghofio cymryd ei hinsiwlin.. "

Daeth y teimlad cyfarwydd yn ôl iddi, yr hen deimlad anghyfforddus mai hi oedd yn gyfrifol, rywsut.

"Nid y fi sy'n gyfrifol," meddai Mel yn uchel.

Edrychodd y parafeddyg arni.

"Naci siŵr, plentyn ydach chi. Diabetig, ddudoch chi? Ewch i nôl ei hinsiwlin o'r ffrij, plis? A Brei, wnei di agor fy mag, os gweli di'n dda?"

Ufuddhaodd Brei a phan ddaeth Mel yn ôl roedd y parafeddyg yn gosod drip ym mraich eu mam.

"Diolch i chi'ch dau. dwi'n siŵr fod eich mam yn falch iawn ohonoch chi. Mi fydd raid inni fynd â hi i'r ysbyty yn gyflym gan ei bod mewn peryg o fynd i goma. Dach chi'n deall?"

"Ond pam nath hi yfad gymaint?" holodd Mel.

"Wel, ella nad ydi hi wedi yfad llawer, ond mae hi'n diabetig ac felly mae ei lefelau siwgwr wedi newid yn sydyn a dyna pam mae hi mor sâl rŵan. Mae hyn yn gallu digwydd i unrhyw berson diabetig," meddai'r parafeddyg yn garedig.

"Oes 'na rywun fedr aros efo chi heno?" holodd wedyn.

"Neb," meddai Mel. "'Dan ni isio dŵad i'r ysbyty efo hi."

Digwyddodd popeth yn gyflym iawn wedyn. A chyn i Mel gael cyfle i feddwl, roedd hi, Brei a'i mam yn yr ambiwlans ar y ffordd i'r ysbyty.

Wrth eistedd yn ei sedd yn gwibio drwy'r dre a'r golau'n troi'r byd i gyd yn las cynhyrfus a sŵn y seiren yn gwneud iddi deimlo fel seléb, meddyliodd Mel a oedd hi'n werth achub bywyd ei mam o gwbwl. Efallai y byddai pethau wedi bod yn well tasa hi wedi gadael i'w mam farw wrth y drws ffrynt yn ddistaw bach.

Edrychodd arni ar y gwely glân, ac un parafeddyg yn gweiddi ar y llall i roi ei droed i lawr. Dyna pryd y sbonciodd calon Mel a methu curiad.

"Ti'n *expert* am agor fy nghalon efo *can-opener*, dwyt Mam?" sibrydodd Mel, ei chalon yn rhwygo a'r deigryn lleia'n mynnu gwthio i'w llygaid.

Cleisiau fel briallu'r gwanwyn

Cododd Sbeic ei ben oddi ar y palmant. Roedd wedi cyrraedd y gwaelod. Allai pethau fynd dim gwaeth na hyn. Tybed be oedd ei fam yn ei wneud? Oedd hi'n chwilio'r nos amdano, yn trio peidio meddwl amdano'n gorff mewn afon? Caeodd ei lygaid. Doedd o ddim eisiau gweld ei fam yn ei ben.

Clywodd sŵn cracio y tu ôl iddo. Roedd Ledi'n chwerthin iddi hi ei hun. Trodd Sbeic i edrych arni, ei gwallt fel *brillo pad* sych, ei thrwyn yn fain a'i chroen yn denau. Roedd ei breichiau'n wyn, a chleisiau piws, melyn a phinc tywyll yn friallu'r gwanwyn arnyn nhw.

Gwyddai Sbeic am y tro cyntaf yn ei fywyd mai ei ddewis o oedd byw a gwelodd ddrws bychan yn agor yn ei ymennydd a strimyn llachar o oleuni yn lliwio ei ben fel enfys. Roedd fel bod mewn ffilm 3D. Clywodd waedd hyll yn torri trwy'r tywyllwch. Codai'r waedd o'r bwndel blêr o esgyrn a gwaed, gwallt ac oglau pi-pi. Gwaedd yn ogleuo o farwolaeth. Trodd i edrych ar Ledi oedd wedi cyrlio i mewn iddi hi ei hun fel draenog bach, pigog. Daeth gwaedd ddwfn, boenus arall o'r bwndel, gwaedd i ddeffro'r meirw.

Roedd rhywbeth o'i le. Roedd Angau yn y waedd a gwyddai Sbeic nad oedd o eisiau cael ei ddarganfod yn gorwedd ar balmant oren wrth ymyl dynes farw. Ymbalfalodd yn y bwndel, codi haenen o ddefnydd yn ofalus ac yn araf er mwyn gweld beth oedd wedi digwydd.

Pan gododd y defnydd neilon du, tenau oedd yn gorchuddio ei braich dde gwelodd beth oedd yn bod. Yng nghanol y wythïen las a redai yn y pant yn ei phenelin roedd cleisiau o bob lliw. Cleisiau pleser pum munud. Cleisiau ymgolli.

Ac ar y palmant budur, gwelodd y nodwydd yn sgleinio fel gwên wag yng ngolau'r lamp.

Llamodd calon Sbeic i'w wddw a neidiodd ar ei draed. Jynci oedd hi ond, yn waeth na hynny, roedd hi'n jynci sâl iawn a gwyddai Sbeic fod rhaid ei chael i'r ysbyty ar frys. Edrychodd ar hyd y stryd am rywun i helpu. Gwelodd un neu ddau yn pwyso'n feddw yn erbyn polyn lamp fel tasan nhw mewn cariad â hwnnw. Dechreuodd Ledi besychu eto, yn waeth. Rhoddodd ei phen i orwedd ar ei sach gysgu flodeuog. Roedd hi'n wan a'i pheswch yn ei llethu. Daliodd i besychu a'r sŵn yn eco o gwmpas drws y siop. Hen eco oer.

Yn sydyn, cydiodd yng nghoes Sbeic i'w sadio ei hun wrth besychu. Yna, sylwodd ar y strimyn lleia o waed yn llifo o'i gwefusau llwyd fel *cochineal* ac yn syrthio'n ddafnau bach i ganol yr eira gwyn.

Teimlodd ei phỳls – gwan.

Gwrandawodd ar ei chalon – roedd honno'n curo'n araf, araf.

Teimlodd ei thalcen – chwys oer. Roedd yntau'n chwys oer hefyd a gafaelodd yn ei ffôn. Sgrin wag, dim byd.

Roedd rhaid cael Ledi i'r ysbyty neu byddai'n cael ei gyhuddo o lofruddiaeth a byddai ei wyneb ar y teledu a'r papurau newydd eto. Doedd o ddim eisiau gweld wyneb ei fam ar y sgrin yn crio eto.

Cododd ar ei draed a rhedeg at y meddwyn agosaf. Roedd o'n cysgu, ond roedd ganddo ffôn yn ei boced. Deialodd 999 a dweud ei neges wrth nyrs ar y pen arall. Erbyn i'r ambiwlans gyrraedd roedd Ledi'n cydio'n dynn yn llaw Sbeic ac yn cydio'n dynn yn ei bywyd. Roedd hi ar dân ac yn gadael y byd yn ara bach, bach.

Ar ôl cyrraedd y gwaelod, dringa i fyny

Ar ôl i'r nyrsus setlo Ledi a sicrhau ei bod yn gyfforddus, trodd un ei sylw at Sbeic. Gafaelodd yn ei law a thynnu'r cadach budur oddi amdani.

"Ti wedi bod yn y *wars* hefyd, do boi." Dweud, nid gofyn.

"*Wars*?" holodd Sbeic a'r blinder mwya wedi dod drosto'n sydyn.

"Ma bywyd yn frwydr weithia, dydi?" meddai'r nyrs wedyn.

Wrth i'r nyrs olchi ei law, teimlai'r dŵr cynnes yn meddalu ei galon, a'r briwiau i gyd yn cilio.

"Fyddi di angan pwytha ar hwn," meddai hi. Gwenodd Sbeic yn ei chlywed yn siarad ag o fel tasa fo'n hogyn bach angen ei gysuro.

"Be 'nest ti? Cael ffeit efo cyllall fara... 'ta rwbath arall?" holodd gan nodio at Ledi. "Ti'm braidd yn ifanc i fod yn poetsio efo heroin, ac *addict* fel hon?"

"Heroin?" Agorodd Sbeic ei geg yn fawr.

"Ia... ma hi yma bob wythnos bron. Bechod! Byw ar y stryd. Wedi colli ei ffordd."

Aeth wyneb Sbeic yn llwyd fel y slwj eira y tu allan.

"Heroin?" ailadroddodd y gair a oedd yn ddychryn iddo.

"Yli, paid â chyboli efo Ledi."

"Ledi ydi ei henw hi?" holodd Sbeic.

"Wel, dyna mae hi'n galw ei hun, ond mae hi'n debycach i dramp," atebodd y nyrs, "a tramp fyddi ditha os ti'n cyboli efo hi? Ti'n dallt?"

"Isio ei helpu hi o'n i," meddai Sbeic yn llipa.

"Hi nath hyn i dy law di, 'de? Dydi hi ddim wedi bod yn ffeind iawn efo chdi, nac'di boi?" meddai'r nyrs a oedd yn atgoffa Sbeic o'i fam. "Taswn i'n chdi, faswn i'n mynd yn ddigon pell oddi wrth Ledi, a pheidio mynd yn agos ati byth eto. Ma dy wynab di'n gyfarwydd. 'Dan ni wedi cyfarfod o'r blaen, d'wad?"

Aeth Sbeic yn chwys oer ac edrych i lawr ar ei draed fel tasa fo'n eu gweld am y tro cynta.

"Mêt eich mab chi, dwi yn rysgol efo fo," mentrodd Sbeic gan groesi ei fysedd fod gan y nyrs fab 'run oed â fo.

"O, rhyfadd, sgen i ddim mab," meddai'r nyrs yn ofalus.

Cododd Sbeic o'r gadair a chymryd ei gôt a'i rycsac. Diolchodd i'r nyrs a mwmblan rhywbeth ei fod o angen mynd i'r tŷ bach. Gadawodd y nyrs mewn penbleth, yn sicr ei bod wedi gweld wyneb yr hogyn yn rhywle.

Ar y ddesg, wrth ymyl ei chyfrifiadur roedd papur newydd yn agored a llun Sbeic yn gwenu ohono.

Llythyr

Edrychodd Mel o'i chwmpas yn y golau melyn gwan. Roedd ei brawd o dan y gadair, yn cysgu fel llygoden fawr. Sut oedd o'n gallu cysgu, meddyliodd Mel? Am mai fo oedd y brawd bach a hi oedd y chwaer fawr. Hi oedd yr un gyfrifol ac roedd rhaid iddi gadw'n effro. Doedd hi ddim yn siŵr pam. Cododd gylchgrawn o'r llawr a dechrau darllen am Posh a Becks.

Edrychai Posh mor ddel yn y llun, mor amlwg gyfoethog, ond doedd hi ddim yn gwenu. A dweud y gwir doedd Mel ddim yn gweld fawr o neb yn gwenu y dyddiau hyn. Be tasa pobol yn anghofio sut i wenu? Sut fyd fasa hwnnw? Taflodd y cylchgrawn ar lawr. Hanner awr wedi tri o'r gloch y bore a hithau mewn twll tywyll. Cododd ac aeth i edrych drwy'r ffenest. Roedd hi'n pluo eira mân, fel gloÿnnod byw bach direidus. Sŵn ambiwlans yn canu yn y pellter. Sŵn ei mam yn griddfan yn ei chwsg. Roedd hi'n dal yn fyw ond yn bell, bell yn ei breuddwydion. Nyrsys yn hofran o'i chwmpas, fel plu eira gwyn. Pawb yn gofalu am ei mam a neb yn gofalu amdani hi. Estynnodd bapur o'r drôr a methu dod o hyd i feiro.

"Damia," sibrydodd. Edrychodd o gwmpas y ward a gwelodd hogyn yn eistedd yn y gadair wrth ymyl gwely rhyw dramp. Cododd ac aeth draw ato.

"Sgin ti feiro?" gofynnodd iddo.

Roedd Sbeic wedi blino'n lân a doedd o wir ddim eisiau siarad â neb. Cododd ei ben a gweld Mel yn sefyll o'i flaen. Roedd fel gweld ei ffrind gorau. Estynnodd am feiro o'r rycsac a'i roi iddi. Cyffyrddodd ei law ei llaw hithau am chwarter eiliad, a sylwodd nad oedd o wedi cyffwrdd mewn person byw ers tridiau, ar wahan i Ledi.

Trodd Mel a cherdded 'nôl at wely ei mam. Eisteddodd yn y gadair.

Annwyl Mami

Dwi'n sgwennu llythyr atat ti am 'mod i isio deud chydig o betha wrthat ti. Mae hi'n hanner awr wedi tri o'r gloch y bora ac rwyt ti'n gorwedd mewn gwely gwyn, glân. Ti wedi blino.

Dwi wedi blino hefyd, Mami, wedi blino ar hyn i gyd. Dwi am gyfaddef y cwbwl. Dwi'n gwbod dy fod yn dibynnu ar dabledi at dy gur pen a dwi'n gwbod bod fodca yn dy helpu i ymlacio. Dwi'n gwbod bod dy fywyd di'n anodd ers i Dad fynd, a dwi'n gwbod ei bod hi'n anodd magu Brei a fi ar dy ben dy hun. Dwi'n gwbod bod pres yn brin a dim digon i brynu bwyd weithia. Dwi'n gwbod hyn i gyd...

Ond Mami, dydi mamau Cori a Gee ddim fel chdi. Ma nhw'n gwisgo dillad neis a mynd i siopa i Tesco a neud te a gwylio Pobol y Cwm efo nhw a siarad. Petha normal. A be ti'n neud? Chwydu yn y bathrwm ac anghofio golchi ein dillad ni. Ma gen i g'wilydd o sut wyt ti'n byw dy fywyd.

Dyna fo, dwi wedi ei ddeud o rŵan. Sori.

'Di o ddim y tro cynta ac ella mai hwn fydd y tro ola, ond dyna sut dwi'n teimlo. Bob tro dwi'n dod adra o rywle dwi'n meddwl imi fy hun, ella fydd Mam wedi marw tro 'ma. Ma arna i ofn, ofn dy fod ti am farw a gadael Brei a fi ar ôl. Dim ond 15 ydw i, dwi'n rhy ifanc i hyn i gyd.

Iawn, dwi wedi gorffen bod yn flin efo chdi. Dwi'n drist rŵan a dwi ddim yn licio dy weld di fel hyn, achos ti'n gwbod be? Ti'n fam imi, ti'n annwyl a ffeind. A dwi'n gwbod dy fod ti'n fy ngharu i a Brei ond ti ddim yn gwbod sut i'w ddangos o, nag wyt? Dwi'n gwisgo'r tsiaen â chalon fach aur roist ti imi, mae gen i lun ohonach chdi a fi yn hogan fach tu mewn. Gês i uffar o draffarth cael llun mor fach i ffitio ond ro'n i'n benderfynol o neud, achos dwi'n hogan benderfynol, Mami. Fedra i sefyll ar fy nhraed fy hun yn iawn.

Ond be o'n i isio'i ddeud wrthat ti oedd hyn – dwi'n dy garu di. Chdi ydi fy mam i, sgen i ddim un arall, felly plîs, plîs, plîs, plîs , plîs, plîs, plîs paid â marw.

Cariad

Mel xxxxxxxxxxxxxxxxxxxxxx

Plygodd Mel y llythyr yn un sgwaryn bach, bach. Doedd ganddi ddim amlen, felly ysgrifennodd enw ei mam ar flaen y papur a'i osod wrth y gwydr plastig o ddŵr oedd ar y cwpwrdd wrth y gwely. Gwnaeth lun blodyn yn lle'r dot uwchben yr 'i' yn 'Mami' a XX o dan ei henw.

Cododd ei bag a cherdded allan o'r ward a'i gaethiwed, i lawr y coridor i chwilio am beiriant diodydd. Erbyn iddi gyrraedd y drws ym mhen pella'r coridor gwyddai fod rhywun y tu ôl iddi. Gallai weld ei siâp yn y ffenest hir wrth ei hymyl. Clywai siffrwd ei sgidiau Converse ar lawr y coridor, a'i wyneb wedi'i guddio yn ei hwdi.

Pan gyrhaeddodd y peiriant diodydd roedd blaen ei Converses yn cyffwrdd cefn ei rhai hi. Mae hyn yn beryglus o agos, meddyliodd Mel.

Tynnodd bunt fudur allan o boced ei jîns a'i daro yn y twll bach du yn y peiriant a pwysodd fotymau, unrhyw fotwm – dim ots pa un, dim ots pa ddiod.

"Ga i un hefyd?" Clywodd ei lais yn sibrwd y tu ôl iddi. "Gest ti feiro gen i."

Gwenodd iddi hi ei hun. Roedd sŵn adre yn ei lais.

XX

"Pam wyt ti'n gwisgo Converses pinc?" gofynnodd Mel.

"Gwahanol," meddai Sbeic gan dywallt y Coke i lawr ei wddw. Doedd o heb fwyta nac yfed dim ers y bore cynt.

"Faswn i'n medru dy fyta di i gyd. Dwi ar lwgu," meddai Sbeic yn sydyn.

Chwarddodd Mel yn uchel, a'i chwerthin hi'n atgoffa Sbeic o stori dylwyth teg.

"Be, isio bwyd wyt ti, 'ta *chat-up line* odd honna?" gofynnodd Mel.

"Y ddau," meddai Sbeic.

"Ty'd," meddai Mel a'i dynnu gerfydd ei gôt allan drwy ddrws yr ysbyty, croesi'r lôn ac i'r siop chips gyferbyn. "Diolch byth ei bod ar agor drwy'r nos."

Prynodd sglodion i'r ddau ohonyn nhw a saws cyri yn slwj dros y cyfan. Aeth y ddau yn ôl i gyfeiriad yr ysbyty a dod o hyd i fainc yn wynebu'r mynyddoedd tywyll.

"Dwi'n byta chips bob dydd," meddai Mel.

"Ond ti ddim yn dew," oedd sylw Sbeic.

Chwarddodd Mel yn uchel ac edrychodd ar yr hogyn yn bwyta. Sylwodd ar y tro bach yn cyrlio ar ochor ei geg, a'r hanner gwên oedd yn chwarae yno. Gwenodd hithau a symud yn nes ato. Roedd hi dal i fwrw eira a'i hwdi'n troi'n wyn.

"Ella faswn i wedi marw tasat ti heb brynu'r chips 'ma imi," meddai Sbeic.

"Ella," meddai Mel. "Lwcus 'mod i wedi achub dy fywyd di felly, yndê? Chdi ydi'r ail heddiw," a llais Mel yn suddo i'w thraed wrth gofio bod ei mam yn gorwedd yn yr adeilad y tu ôl iddi.

"Dy fam?' holodd Sbeic.

"Ia. Chdi?" holodd Mel.

"Stori hir. Well imi fynd. Diolch am y chips. *Owe you one*!" meddai Sbeic a chodi oddi ar y fainc, ysgwyd yr eira oddi ar ei hwdi, gwthio ei ddwylo i bocedi ei gôt a chychwyn oddi yno.

"Paid â mynd," meddai Mel gan gwpanu

eira o'r llawr yn ei dwylo i wneud pelen fach galed. Cododd ei braich a thaflu'r belen a'i daro yn ei gefn. Giglodd fel hogan fach. Trodd yntau a chasglu eira'n beli bach ac wedyn eu taflu, un ar ôl y llall, yn gawod o fwledi oer. Roedd hi'n rhyfel, eu dillad yn wyn i gyd a'r ddau'n chwerthin fel dau glown. Chwerthin nes bod eu bochau'n brifo. Ac yn wlyb diferol.

"Ti'n socian!" meddai Mel rhwng pyliau o chwerthin gwirion.

"Ma dy drwyn di fel tomato!" meddai Sbeic a chwerthin eto.

"Ac un chdi fel pen-ôl babŵn!" meddai hithau.

Rhuthrodd Sbeic amdani ac wrth redeg, llithrodd, trodd ei ddwy goes fel olwyn am ychydig ac yna glaniodd yn fflat ar ei ben-ôl ynghanol yr eira. Roedd ei ddwy goes yn wynebu am yr awyr a'i ben yn yr eira.

Roedd Mel yn rhowlio chwerthin cymaint nes ei bod eisiau pi-pi. Sylwodd hi ddim ar y fraich yn dod o'r eira, yn gafael yn ei choes ac yn ei llusgo i mewn i'r twmpyn o eira oer.

Sgrechiodd gymaint fel bod rhaid i Sbeic roi ei law am ei cheg i'w thawelu. Tawelodd ei sgrechiadau a llaciodd gafael Sbeic nes bod ei fys yn cyrlio o gwmpas cudyn o'i gwallt hir, gwlyb. Roedd y ddau'n gorwedd mewn gwely o blu eira gwyn a'r ddau'n edrych i fyw llygaid ei gilydd fel tasan nhw'n gweld ei gilydd am y tro cynta rioed.

Yn ysgafn, ysgafn, gwnaeth Sbeic siâp blodyn efo'i fys ar ei thrwyn. Roedd yn goglais a giglodd yn ysgafn. Cusanodd Sbeic ei fys a'i osod yn dyner ar ei gwefusau hi. Sbonciodd ei chalon a theimlodd fysedd ei thraed yn cyrlio. Teimlai'n gynnes braf ynghanol yr eira oer. Neidiodd Sbeic ar ei draed, gafael yn ei llaw a'i thynnu i fyny.

"Ras yn ôl!" meddai a dechrau rhedeg am ddrws yr ysbyty. Safodd Mel am eiliad yng ngolau'r lleuad a'r eira'n garped gwyn o'i chwmpas. Edrychodd arno'n rhedeg, a'i goesau hirion ym mhob

Be sy mewn enw?

"Siocled poeth i gynhesu?" gofynnodd Mel i Sbeic. Roedd hi'n ysu am gael ei gwmni mor hir ag y gallai.

"Sgen i ddim pres," meddai Sbeic a'i ben i lawr.

"Gen i ddigon. Pres Mam ydi o a dydi hi ddim callach."

"Ti isio siarad am y peth?" holodd Sbeic, ddim yn siŵr iawn a oedd o eisiau clywed. Roedd o mor flinedig, a'r holl bethau oedd wedi digwydd iddo ers iddo redeg i ffwrdd yn dechrau dal i fyny ag o.

"'Di o'm yn iawn – fi ydi'r fam a hi ydi'r hogan fach isio help o hyd. Dwi wedi cael llond bol. Dim ond pymthag ydw i a dwi ddim isio edrych ar ei hôl hi a 'mrawd o hyd. Dwi isio ffrindia a mynd allan a chwerthin yn wirion…"

Llithrodd ei llais i rywle.

"Ma gen ti fi," meddai Sbeic, ddim cweit

yn siŵr be oedd o'n ei feddwl yn iawn wrth ddweud hynny.

"Oes?" gofynnodd hithau gan wenu arno fo.

"Oes," a phlannodd gusan blas siocled poeth ar ei thrwyn. "Ydi dy drwyn bach del di'n gynnas rŵan?" holodd Sbeic gan rwbio ei thrwyn yn ysgafn â'i drwyn o.

Giglodd Mel a'i dynnu i'w breichiau. Gafaelodd y ddau yn dynn, dynn yn ei gilydd, fel tasan nhw ofn colli ei gilydd.

"Hei, dwi'm hyd yn oed yn gwbod dy enw di," meddai Mel gan gusanu ei glust. "Ac mae gen ti glust fach flasus iawn."

Teimlai Sbeic ei galon yn toddi fel y siocled poeth.

"Seimon. Sbeic i ffrindia. Gei di 'ngalw fi'n Sbeic…" atebodd â gwên.

Rhewodd calon Mel a theimlodd ei breichiau'n mynd yn llipa.

"Be?" murmurodd yn ddistaw bach.

"Be, be?" gofynnodd Sbeic, mewn penbleth.

"Be ddudist ti oedd dy enw di?"

Gweddïodd Mel mai enw arall roedd o wedi ei ddweud.

"Sbeic. Pan o'n i'n fach, tua chwech oed, ro'n i'n gorfod cael fy ngwallt yn sticio i fyny efo jel, a'r gwaelod wedi'i siafio mewn siâp Man Utd, yn cŵl i gyd. Wel, o'n *i'n* meddwl 'mod i'n cŵl..."

Doedd Mel ddim yn clywed y geiriau. Roedd dau ddeigryn mawr tew yn llenwi ei llygaid, a Sbeic yn diflannu oddi wrthi'n ara bach.

"Ac unwaith, ges i 'i liwio fo i gyd yn goch efo sprê. O'n i'n edrach fel clown dwi'n siŵr, a ges i uffar o row gan Mam, a hitha'n trio golchi 'ngwallt i cyn imi fynd 'nôl i'r ysgol y diwrnod wedyn. Ddoth o ddim allan i..."

Ond chafodd Sbeic ddim gorffen ei frawddeg. Roedd Mel wedi codi, wedi rhedeg i lawr y coridor ac wedi taflu ei siocled poeth nes fod hwnnw'n staen brown ar hyd y llawr.

Eisteddodd Sbeic yn y gadair yn edrych arni'n mynd. Be oedd o wedi ei ddweud? Genod, doedd o'n deall dim arnyn nhw.

Cododd a tharo'r gwpan blastig yn y bin sbwriel. Ceisiodd sychu'r siocled oddi ar y llawr efo llawes ei gôt heb fawr o lwc.

Mae gwên ym mhob deigryn

Pan gyrhaeddodd y ward, aeth Sbeic at Mel a oedd yn crio ar wely ei mam.

"Be sy?"

Doedd o ddim yn licio gweld hogan yn crio. Roedd o'n teimlo'n wirion, a doedd o ddim yn gwybod beth i'w ddweud.

"Chdi," meddai hi, yn igian crio erbyn hyn.

"Fi? Be dwi 'di neud?" a mentrodd roi ei fraich amdani.

"Paid!" hisiodd Mel yn ffyrnig, fel cath yn barod i grafu llygaid Sbeic o'u tyllau.

"Ocê ocê, wna i'm twtsiad. Ond 'nei di plis ddeud wrtha i be sy?" ymbiliodd Sbeic. Doedd o ddim yn deall sut roedd rhywbeth mor dda yn gallu troi mor ddrwg mor sydyn. Ac eto, roedd yn deall yn iawn. Dyna oedd wedi digwydd i'w fywyd o ei hun dridiau ynghynt, pan ffoniodd Hi. Crynodd wrth gofio amdani Hi. Gwthiodd Hi o'i ben. Trodd ei sylw 'nôl at Mel. Cododd Mel ei phen oddi ar y gynfas, a hoel masgara du ar ei hyd i gyd.

"Plis paid â deud mai Sbeic ydi dy enw di..." a gadawodd Mel i'w llais ddiflannu'n fach, fach fel llais pry.

Toddodd Sbeic. Roedd hi'n edrych mor annwyl, ei hwyneb yn fasgara ac yn ddagrau i gyd. Gafaelodd Sbeic yn ei hwyneb â'i ddwy law yn dyner, dyner, a chusanodd ei dagrau hi'n sych.

"Ti'n hardd," meddai'n syml a dechreuodd Mel grio'n ddistaw eto. "Plis paid â chrio. Fedra i'm ei ddiodda fo."

"Alla i ddim help," meddai Mel.

"Yli, os ti ddim yn licio fy enw i, 'na i ei newid o. Does dim raid imi fod yn Sbeic. Gei di alw fi'n rhwbath ti isio. Rhwbath..." meddai Sbeic yn obeithiol.

Daeth gwên i wyneb Mel, a chwarddodd drwy ei dagrau.

"Ti am ddeud wrtha i be sy rŵan?" mentrodd Sbeic.

Edrychodd Mel ar gynfas wen y gwely a dechrau chwarae â phlygiadau'r cotwm.

"Dwi'n hanner nabod yr hogan 'ma, ac ma ganddi fabi, tua dau fis oed. Twm ydi ei enw fo."

Cododd ei llygaid i edrych i wyneb Sbeic. Edrychodd Sbeic i fyw llygaid Mel.

"Mistêc oedd o, achos mond 'run oed â ni ydi'r hogan 'ma," meddai Mel eto'n ofalus. Doedd dim arwydd ei fod yn deall beth oedd Mel yn ei ddweud. "Hels ydi ei henw hi, Sbeic."

Roedd fel petai môr mawr llwyd wedi agor rhwng y ddau, a Mel a Sbeic yn ddwy ynys fach unig yng nghanol y môr. Doedd 'run o'r ddau yn medru nofio at y llall, roedd 'na gymaint o fôr rhyngddyn nhw.

"Hels?" meddai Sbeic yn araf.

"Ia," atebodd Mel. "Ddeudodd hi wrtha i mai chdi ydi tad ei babi hi, Sbeic. Chdi."

Edrychodd Mel yn hir ar wyneb Sbeic. Edrychodd Sbeic ar ei ddwylo. Roedden nhw'n fudur a sylweddolodd nad oedd wedi molchi ers diwrnodau.

"Mae 'nwylo fi'n fudur," meddai'n ddiemosiwn.

"Ti'n fudur, a ti'n llwfrgi. Ti'n gwbod be, Sbeic? Sgym wyt ti, dyna be wyt ti."

Roedd Mel yn flin rŵan, a'r geiriau'n saethu o'i cheg fel fflamau o dân poeth.

"Paid, plis, paid," ymbiliodd Sbeic a dagrau llond ei lais.

"Wel, pa fath o berson sy'n gadal hogan efo babi bach a dim pres i edrach ar ei ôl o? Y?" hisiodd Mel drwy ei dannedd. Gafaelodd Sbeic ym mreichiau Mel a'i gorfodi i edrych i fyw ei lygaid.

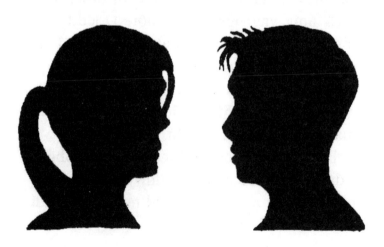

"Nid y fi, ti'n dallt, nid y fi ydi'r tad. Ma Hels yn gwbod hynny'n iawn. Ma hi'n trio 'nhwyllo i er mwyn cael y pres, a fedra i brofi fo i chdi. Ty'd efo fi," ac mi gythrodd yn ei braich a'i thynnu ato. Aeth Sbeic at wely Ledi ac estyn am ei ffôn a oedd wedi bod yn tsiarjio. Fflachiai'r amlen fach werdd yn ddiddiwedd. Llwyth o decsts anobeithiol gan ei fam a'r gweddill gan Hels.

"Hels in name, Hell in nature."

"Faint o'r rhain ti 'di gael ganddi, Sbeic?" holodd Mel.

"Dwi'm yn gwbod, cannoedd, lot, gormod."

"Ers iddi gael y babi."

"Ia, rhyw ddau fis," meddai Sbeic.

"Mae hi'n cwcw, Sbeic, hollol cwcw i neud hyn i chdi. Ma raid inni ffonio'r heddlu, gawn nhw sortio hyn. Ond hei, sut ydw i'n gwbod nad chdi ydi tad babi Hels? Dydi'r tecsts yma'n profi dim byd ond pa mor sic ydi hi," a gollyngodd Mel ei law.

"Achos, dwi ddim… ti'n gwbod… dwi rioed wedi bod efo hogan *fel yna*. Dwi ddim y math yna o foi. A beth bynnag, dwi isio syrthio mewn cariad efo'r hogan iawn… a wedyn… ella… ti'n gwbod…."

Clywodd ei lais ei hun yn dawel fel sŵn adenydd ar hedfan. Meddyliodd y byddai Mel yn chwerthin am ei ben ac na fyddai eisiau ei nabod o ar ôl hyn. Roedd popeth ar ben. Gafaelodd Sbeic yn ei hwyneb â'i ddwy law.

"Ti'n fy nghoelio i?"

"Yndw a nadw… Sbeic, deud wrtha i'n onest pam nath Hels bigo arna chdi 'ta?" Roedd calon Mel yn curo'n uwch. Roedd arni ofn clywed yr ateb.

"Ti'n gwbod be? Ma gen ti'r llygaid glasa dwi rioed wedi'u gweld, sdi," meddai Sbeic a'i lais yn siwgwr i gyd.

"Sbeic… plis," meddai Mel yn dawel.

Gafaelodd yn dynn ym mraich Sbeic a safodd yntau fel coeden wrth ei hymyl, yn gadarn a chryf. Roedd hi fel dryw bach yn swatio yng nghanghennau hen dderwen.

Hels

Pan wawriodd y bore, a'r haul gwan yn llenwi'r ward â'i olau, roedd popeth yn dawel fel y bedd. Gorweddai Ledi yn ei gwely yn cysgu'n drwm. Cysgai Sbeic a Mel ar gadair, ym mreichiau ei gilydd. Roedd ffôn Sbeic yn canu ac un neges destun arno, gan Hels.

C U 10 a.m. wrth Grey's. B there! Or there'll be hell to pay! Hels

Roedd y cloc yn dangos 9:45 a.m. Agorodd Sbeic un llygad, yn methu deall lle roedd o am eiliad, agor y llygad arall a gwawriodd arno ei fod yn dal i fod yn yr ysbyty. Roedd ei fraich chwith wedi mynd i gysgu lle gorweddai pen Mel, ei gwallt hir dros ei hwyneb i gyd. Gwenodd yn ddistaw bach. Roedd hi mor dlws. Cusanodd ei gwefus ac agorodd hithau ei llygaid yn gysglyd. Estynnodd am ei ffôn yn reddfol fel y gwnâi bob bore, a chodi'n gyflym ar ei eistedd pan welodd y neges.

"Rhaid inni fynd, rŵan."

"Estyn fy sgidia i 'ta."

"Ble ti'n mynd?" gofynnodd ei mam o'r gwely.

"Ti'n effro? Ti'n well?" holodd Mel. "Brei nath dy ffeindio di ar lawr ac roedd raid iti ddŵad yma mewn ambiwlans. Brei, ma Mami 'di deffro!"

"Sori, Mel," meddai ei mam ddistaw.

"Paid, Mami. Nath y nyrs ddeud fod rhywbeth o'i le ar dy insiwlin di, ac nad dy fai di oedd o i gyd, sdi. Yli, fydda i'n ôl wedyn, ma 'na rwbath pwysig ma raid i mi a Sbeic neud gynta," a gafaelodd Mel yn llaw Sbeic a rhedeg o'r ward.

Ufuddhaodd Sbeic a gwisgo ei sgidiau Converse ei hun a theimlodd Sbeic ei geg yn sychu fel tywod. Cerddodd y ddau'n frysiog drwy'r eira newydd oedd yn drwch ar lawr. Roedd calon Sbeic yn curo ac roedd dod wyneb yn wyneb â Hels yn codi ofn arno. Gwasgodd Mel ei law'n dynn. Roedd oerni'r bore'n brathu wrth eu sodlau a chyflymodd y ddau.

Wrth droi'r gornel ac agosáu at Grey's, gwelodd Sbeic Hi. Hon oedd wedi achosi cymaint o boen iddo ers deufis, wedi torri calon ei fam a'i dad, wedi bron â difetha bywyd Sbeic yn llwyr. Hon. Ond rŵan, ei bywyd hi fyddai'n chwalu. Ei chalon hi fyddai'n torri.

Y gwir

Roedd Hels yn eistedd y tu allan i Grey's yn gwthio'r pram 'nôl ac ymlaen, 'nôl ac ymlaen gan wneud patrymau cris-croes yn yr eira efo'r olwynion. Roedd y babi'n cysgu. Roedd golwg fel tasa hi wedi byw unwaith o'r blaen arni, a blinder ddoe'n dal i'w llethu. Roedd hi'n smocio yn haul gwanllyd Ionawr ond roedd ei llygaid yn wag, fel tudalen wen a'r ysgrifen wedi pylu arni.

"Ti wedi penderfynu dod allan o dy dwll llysnafeddog felly, do? Y SLYG!" meddai hi'n sbeitlyd wrth Sbeic.

"Ma gen ti geg fudur, Hels, ac mi faswn i'n ei chau hi'n reit sydyn taswn i'n chdi," meddai Mel yn gadarn.

"Yli Mel, dydi hyn yn ddim byd i neud efo chdi, bêbs. Felly, dos o 'ma. Paid â phoeni, gei di dy siâr o'r pres am helpu i ddal y llygoden fawr 'ma imi," meddai Hels a thanio sigarét arall.

Gwenodd Mel arni. "Dwi ddim wedi dod i nôl pres, Hels. Dwi yma achos dwi isio dy weld di'n begio am faddeuant ac yn deud sori wrth Sbeic… *fy nghariad i*…" meddai Mel yn falch.

Syrthiodd wyneb Hels at ei thraed. "Dy gariad di?" a chwerthin yn hyll.

"Ia Hels, a ti isio gwbod rhwbath arall? Mi wyt ti wedi gneud mistêc mwya dy fywyd yn bygwth Sbeic efo dy decsts bach stiwpid. Bwli wyt ti, a ti'n hollol cwcw…'

"Mistêc?" gofynnodd Hels, yn sugno ar ei sigarét yn heriol a chwythu'r mwg i wyneb Mel. "Hwn nath y mistêc, a dyma'r canlyniad!" meddai hi gan bwyntio at y babi yn y pram.

Daeth Sbeic wyneb yn wyneb â Hels am y tro cynta ers misoedd.

"Yli Hels, dwi ddim isio ffraeo efo chdi, ond rwyt ti wedi mynd rhy bell. Ti'n gwbod yn iawn nad fi ydi tad dy fabi di. Naethon ni ddim byd, naddo? Naddo?" a'i lais yn uwch y tro hwn a'i wyneb yn agos at wyneb Hels.

"Mel, do mi aethon ni allan efo'n gilydd un waith, UN waith yn unig, a naethon ni ddim byd y noson honno. 'Nest ti drio efo fi, do Hels, a 'nes i ddeud 'Na' wrthot ti, yn do? YN DO?" gwaeddodd Sbeic yn ei hwyneb. "Deud wrth Mel mai celwydd ydi hyn i gyd! Deud wrthi!" a gafaelodd Sbeic yn ei braich a'i hysgwyd.

Edrychodd Hels ar y ddau a phoeri arnyn nhw.

"Stwffio chdi, stwffio'r ddau ohonach chi," meddai, â dagrau yn ei llais. "Sgynnoch chi unrhyw syniad sut beth ydi hyn? Y? Dwi'n rhy ifanc i fod yn fam. Dim pres i edrach ar ei ôl o, dim pres i edrach ar ôl fy hun..." Llyncodd ei phoer a deigryn yn powlio lawr ei boch.

Dechreuodd y babi grio hefyd .

"Mae o isio bwyd eto," meddai Hels yn ddagreuol. "Be wna i? Dwi jyst ddim yn gwbod be i neud." Pwysodd yn erbyn wal y siop a llithro i lawr i'r palmant yn beichio crio.

Syllodd Sbeic a Mel arni hi. Pwysodd Mel i lawr ati, a gafael yn llaw Hels.

"Yli, Hels, neith Sbeic a fi dy helpu di.

Ma 'na help i genod fel chdi, sdi, a gei di le i fyw, chdi a'r babi, a gei di bres. Nawn ni sortio fo... ond rhaid iti ddeud y gwir wrtha i a Sbeic pwy ddiawl ydi tad y babi 'ma."

Edrychodd Hels ar y ddau o'i blaen, ei hwyneb yn wyn, a'r masgara'n flêr.

"Lle ga i help? Pwy neith fy helpu i?"

"Ma 'na le yn y dre. Caban ydi'i enw fo. Ma Mam yn gweithio yno rhan amsar. Lle i genod ifanc sydd efo babis. Mi helpan nhw chdi i gael pres a lle i fyw a chael bwyd," meddai Mel. "Ond cyn inni'u ffonio nhw, ma raid i chdi ddeud pwy ydi tad y babi, ti'n dallt? Neith Sbeic a fi jyst cerddad o 'ma a 'nei di byth ein gweld ni eto os na ddeudi di'r gwir."

Croesodd Sbeic ei fysedd y tu ôl i'w gefn, gan obeithio y byddai Hels yn gwrando ar Mel. Sychodd Hels ei bochau yn llawes ei hwdi, a thanio sigarét.

"Ocê, ocê, roedd raid imi gael rhywun fedrwn i feio, achos ma be ddigwyddodd imi yn rhy ofnadwy. Y gwir ydi 'mod i wedi cael fy ngham-drin gan rywun yn fy nheulu a fasa neb yn fy nghoelio i taswn i'n deud, felly 'nes i feddwl ella 'swn i'n..."

"... blacmelio Sbeic," meddai Mel yn chwyrn.

"Ia," meddai Hels yn ddistaw. "O'n i wir ddim yn gwbod be arall i neud. 'Nes i jyst panicio. Does neb yn fy nheulu i isio gwbod, does neb isio helpu.'

"... a 'nest ti jyst pigo ar Sbeic," meddai Mel eto.

"Do. Yli, Sbeic, nid chdi ydi tad y babi. Sori 'mod i wedi anfon yr holl decsts 'na yn dy gyhuddo di a galw chdi'n enwau a..."

"... a fy mwlio i," meddai Sbeic yn dawel.

"Ia, a hynny," meddai Hels yn wan.

Teimlodd Sbeic ei fod yn anadlu'n iawn am y tro cynta ers misoedd. Cododd yr hen gwmwl tywyll oddi ar ei ysgwyddau a theimlai fel person newydd. Trodd at Mel a'i chusanu ar ei boch. Sibrydodd y gair 'diolch' yn ei chlust.

Trodd Mel at Hels, gafael yn ei braich a'i chodi o'r llawr.

"Yli, Hels, ti'n edrach yn oer. Bryna i banad i chdi ac mi ffoniwn ni Caban. Ia?"

Pwysodd Hels ar fraich Mel a'i dilyn i'r caffi. Gafaelodd Sbeic yn y pram a'i wthio ar hyd y palmant am y caffi ar ôl y genod.

Tynnodd ei ffôn o'i boced a dechrau tecstio.

Mam, dwi'n dod adra. S XX

***

Fel ddeudais i, taith ydi bywyd. Rydan ni i gyd yn dewis ein llwybrau ein hunain.

Dyna chdi Ledi yn dewis llwybr tywyll, da-i-ddim, a'i llwybr hi'n arwain i nunlle.

A Hels, hithau ar lwybr anodd ond, efo help ffrindiau, yn dewis llwybr gwell iddi hi ei hun.

A mam Mel, mi fydd ei dewis hi o lwybr yn newid rŵan, llwybr cliriach, llwybr da.

Ac mae llwybrau bob amser yn croesi ei gilydd.

Bob tro.

Ac, yn sydyn, mae 'na batrwm yn yr eira. Mae llwybrau fel ôl traed bach adar yn yr eira. Yn un patrwm mawr.

Weithiau, fe weli ddau lwybr yn croesi ac yn gwneud siâp X.

Siâp cusan. Y siâp pwysicaf un. Siâp cariad.

Ac yng nghanol y gusan, mae dau berson yn cyfarfod am y tro cynta.

Diolchiadau:

Diolch i Siw a Morfudd am gynnig syniadau pan oeddwn wedi cyrraedd 'y wal', ac i Sian am ei chyngor meddygol.

Diolch i Elan, Sophie, Hannah, Emma, Catrin ac Alaw am fy atgoffa o be ydi bod yn 15 oed heddiw.

Diolch i Elan a Llion am ddarllen.

Diolch i Fugeiliaid y Stryd, Bangor am eu croeso, am eu cyngor ac am ofalu am bobl ifanc Bangor yn ddiflino (www.bangor. streetpastors.org.uk).

Diolch i'r Lolfa am y cyfle unwaith eto.

Hefyd o'r Lolfa:
Cyfres o 5 drama ar gyfer yr arddegau hŷn.
£2.95 yr un

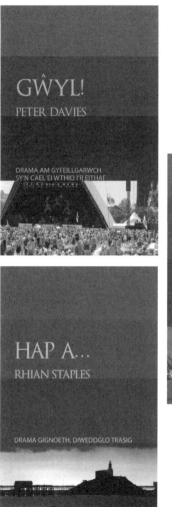

GŴYL!
PETER DAVIES

DRAMA AM GYFEILLGARWCH
SY'N CAEL EI WTHIO I'R EITHAF

HAP A...
RHIAN STAPLES

DRAMA GIGNOETH, DIWEDDGLO TRASIG

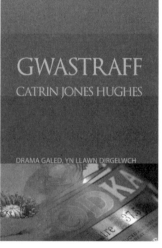

GWASTRAFF
CATRIN JONES HUGHES

DRAMA GALED, YN LLAWN DIRGELWCH

Am restr gyflawn o lyfrau'r Lolfa, mynnwch
gopi am ddim o'n catalog
neu hwyliwch i mewn i'n gwefan

www.ylolfa.com

lle gallwch archebu llyfrau ar-lein.

TALYBONT CEREDIGION CYMRU SY24 5HE
ebost ylolfa@ylolfa.com
gwefan www.ylolfa.com
ffôn 01970 832 304
ffacs 832 782